Kluges Köpfchen

Mit freundlicher Unterstützung

AUTONOME PROVINZ BOZEN SÜDTIROL
PROVINCIA AUTONOMA DI BOLZANO ALTO ADIGE
Deutsche Kultur

BIBLIOGRAFISCHE INFORMATION DER DEUTSCHEN NATIONALBIBLIOTHEK
Die Deutsche Nationalbibliothek verzeichnet diese Publikation in der Deutschen Nationalbibliografie; detaillierte bibliografische Daten sind im Internet abrufbar: http://dnb.d-nb.de

2013

Umschlagfoto: Sigrid Mahlknecht Ebner
(aufgenommen im Schulmuseum Tagusens, Kastelruth)
Design & Layout: Athesia Verlag
Druck: Athesia Druck, Bozen

ISBN 978-88-8266-908-9

www.athesia.com
buchverlag@athesia.it

In diesem Buch sind alle Namen frei erfunden, Namensgleichungen sind rein zufällig.

Sigrid Mahlknecht Ebner

Kluges Köpfchen

Bauernmädchen Anna

geb. 1912 in Südtirol

VERLAGSANSTALT ATHESIA | BOZEN

Hübsch sieht sie aus, wie sie da vorne steht. Dunkelblaues Kostüm, weiße Bluse, die kastanienbraunen Haare hochgesteckt. Schön geschminkt hat sie sich, die feuerroten Lippen stehen ihr gut. So jung. Und so selbstbewusst! Sie hält ihr Universitätsdiplom in den Händen und blickt herausfordernd ins Publikum.

Anna ist unglaublich stolz auf ihre jüngste Enkelin. Immerhin hat Martina ihr Studium der Politikwissenschaften in Rekordzeit absolviert. So eine intelligente, junge Frau! Kaum 23 Jahre alt und schon Magistra.

Der große Saal der Universität ist festlich geschmückt und hell beleuchtet. Links und rechts von den Sitzreihen stehen dezent gekleidete Platzanweiser. Leise Musik erklingt im Hintergrund, dann hält der Rektor seine Rede. Von der Verantwortung spricht er, die diese jungen Menschen als Akademiker haben, und davon, dass sie nie vergessen sollen, was sie an der Universität gelernt haben. Nicht nur bloßes Wissen, sondern der Umgang mit Quellen, Texten und Medien, das Halten von Referaten und das Abfassen von wissenschaftlichen Abhandlungen wurde vermittelt. Nicht zuletzt dürfe auch der gesellschaftliche Aspekt nicht vergessen werden, die Pflicht, sich als gebildete, intelligente Menschen für die Allgemeinheit einzusetzen.

Anna ist beeindruckt. Sie ist schon bei vielen Sponsionen und Promotionen ihrer Kinder und Enkel hier in Innsbruck dabei gewesen, so fühlt sie sich in diesen Räumen fast ein bisschen wie zu Hause. Auch wenn sie selbst nicht studiert hat, Bildung hat sie von jeher fasziniert.

Nun ist Martina an der Reihe. Sie wurde dafür ausgewählt, die Dankesrede an die Professoren vorzutragen. Deutlich und laut spricht sie, ohne irgendwelche Anzeichen von Aufregung. Alle Augen sind nun auf sie gerichtet, doch das stört sie nicht. Sie genießt es, im Mittelpunkt zu stehen, und freut sich über die Aufmerksamkeit. Die neun Kolleginnen und Kollegen, die neben ihr auf dem Podium stehen, wirken ähnlich wie sie: jung, aufgeschlossen, begabt, offen für das Leben, das nun vor ihnen liegt. Nach all den Jahren an der Universität, nach den vielen Stunden Lernen und Studieren sind sie nun an ihrem ersten Ziel angelangt.

Nach der Zeremonie werden Fotos gemacht, dann gehen alle nach vorne, um den Neoakademikern zu gratulieren. Anna sieht, wie Martina von zahlreichen Kommilitoninnen und Kommilitonen umarmt und geküsst wird. Einige von ihnen haben noch einen langen Weg an der Uni vor sich, nicht alle sind so schnell und zielstrebig wie Martina. Ein junger Mann hält sie besonders lange und innig fest, und an Martinas Blick erkennt Anna, dass es sich um jemand ganz Besonderen handeln muss. Er ist dunkelhaarig und groß, sicher fast 1,90 Meter, ungefähr wie Peter damals. Peter …

Auch Franz war hochgewachsen und sehr fesch, Anna stand immer schon auf große Männer. Sie wird ihre Enkelin später fragen, wer der junge Mann denn sei.

Dann, endlich, ist Anna an der Reihe zu gratulieren. „Oma, wie schön, dass du gekommen bist. Ich hatte schon Angst, dass es für dich zu anstrengend ist!" Martina umarmt ihre alte Großmutter.

„Und wenn man mich hätte hertragen müssen, zu deiner Sponsion wäre ich auf jeden Fall gekommen." Wehmütig blickt die alte Frau ihre Enkelin an, die bald in die USA fliegen wird, um dort ein Jahr lang ein Aufbaustudium zu absolvieren. Auch wenn sich die alte mit der jungen Frau freut – musste es denn unbedingt so weit sein? Ein Jahr ohne Martina …

„Nun mach nicht so ein Gesicht, Oma, ein Jahr vergeht so schnell, und zu Weihnachten komme ich ja nach Hause!" „Wer weiß, ob ich dann noch lebe", denkt Anna, die schon weit über achtzig ist. Doch dann reißt sie sich zusammen, sie will Martina auf keinen Fall ihren schönsten Tag verderben.

Gemeinsam mit allen Verwandten und Bekannten spazieren sie ins Romantikhotel „Schwarzer Adler". Dort wird das Sponsionsmahl eingenommen, ein eigener Saal ist dafür reserviert worden. Wenn es um seine Tochter geht, ist Walther immer sehr großzügig. Das Beste ist gerade gut genug für sie. Das Menü hat Martina selbst ausgesucht, köstliche Speisen. Sie ist eine Genießerin und isst für ihr Leben gerne. Kaum verständlich, dass sie trotzdem so schlank ist.

Anna bekommt als Älteste den Ehrenplatz neben der Neoakademikerin zugewiesen. „Komm, Oma, ohne dich säßen wir alle nicht hier. Du bist unser Familienoberhaupt und der Mittelpunkt von uns allen!" Wie Martina schmeicheln kann, wie damals, als sie noch ein kleines Mädchen war. Sie stützt Anna und begleitet sie langsam zu ihrem Platz.

Bald kommen die Kellner mit den vier Gängen. Als Erstes bekommen die Gäste eine Champignoncremesuppe serviert, mit Brotcroutons. Für Anna kein Problem, die kann sie noch gut essen. Es folgen weiße Bandnudeln mit frisch gebeiztem Lachs und als Hauptgang gibt es Rindsfilet mit Selleriepüree und indischem Basmatireis. Der Blauburgunder passt gut dazu, auch den hat Martina als Weinliebhaberin und Weinkennerin selbst ausgewählt.

Vor dem Dessert – Kastanienhalbgefrorenes mit frischen Früchten der Saison – geht Martina in die Mitte des Raumes und hält vor allen Anwesenden eine kurze Rede. Zuerst bedankt sie sich bei ihren Eltern, Onkeln und Tanten für die finanzielle Unterstützung und bei ihren engsten Freunden für den emotionalen Beistand. Der große Dunkelhaarige – Lukas heißt er – wird eigens genannt, da er Martina bei einigen technischen Details ihrer Diplomarbeit helfend zur Seite gestanden ist. Etwas länger als die anderen lächelt sie ihn an; Anna weiß schon längst, wie es um die beiden steht.

Und dann wendet sich die junge Frau plötzlich an ihre Großmutter. „So, und nun komme ich zu einer der wichtigsten Personen für mich in diesem Raum, zu dir, liebe Oma. Ohne dich wäre ich nie so weit gekommen. Du hast mir beigebracht, an meine Ziele zu glauben und dass ich mich nie unterkriegen lassen soll. Du hast mir immer wieder gesagt, dass du an mich glaubst, und wenn ich einmal mutlos war, hast du mich wieder aufgerichtet. Danke, Oma, für alles. Ich habe dich sehr, sehr lieb."

Anna kommen vor Rührung die Tränen, als Martina sich zu ihr beugt und sie auf die Wange küsst. Eigentlich ist Anna eine sehr starke Frau, die selten ihre Gefühle zeigt, doch nun wird sie doch von ihnen übermannt. Martina ist eben ihr Liebling, nicht nur weil sie die Jüngste ist, sondern vor allem, weil sich die beiden Frauen so ähnlich sind.

Nach dem köstlichen Essen, während der langen Fahrt auf der Brennerautobahn heim in ihr schönes Südtiroler Bergdorf, denkt Anna noch lange nach. Über den heutigen Tag, über ihre Familie, über Martina und über ihr eigenes langes Leben. So schnell ist es vorbeigegangen, sie war ja selbst erst ein junges Mädchen, kaum zu glauben. Eben noch lag sie in Peters Armen und las mit ihm seine Schulbücher, eben noch spazierte sie mit Franz Hand in Hand durch den Wald und strich ihm auf der Bank unter der großen Fichte durch die Haare. Eben noch lag sie mit Walther im heißen Sommer während der Kriegsjahre in den Wehen. Konnte das wirklich wahr sein? Verging die Zeit so schnell?

Überanstrengt von den vielen Ereignissen und Erinnerungen schläft sie ein und wacht erst auf, als ihr Sohn sie vor ihrem Haus sanft weckt.

*

Anna wohnt in einem netten Haus im Zentrum eines Dorfes im Schlerngebiet. Früher, als die Familie noch größer war, hatten sie auf einem großen Hof im Nachbarort gelebt. Nachdem Franz vor einigen Jahren verstorben war, hatte sie im Alter von über 80 Jahren ihren Traum wahrgemacht, gemeinsam mit ihrem Sohn Luis in ihrem Heimatdorf ein kleines Haus zu kaufen. Der alte Hof erschien ihr nämlich für sie alleine viel zu groß, ohne Franz, und da keines der Kinder den Hof übernehmen wollte, verkaufte sie ihn. Mit dem Geld des Verkaufs des großen Hofes konnte sie nicht nur ihr derzeitiges Zuhause kaufen, sondern auch den anderen Kindern etwas Geld geben.

In diesem neuen Heim gefällt es ihr sehr gut, sie wohnt in einer Wohnung im Parterre und ist für alle Kinder und Enkel immer erreichbar. Anna macht ihre Besorgungen noch ohne fremde Hilfe. Sie ist zwar schon 88 Jahre alt, fühlt sich aber noch jung und einigermaßen fit, abgesehen von einigen körperlichen Gebrechen.

Neben ihrem Schlafzimmer liegt das Gästezimmer – mit einem stets gemachten Bett, das schon vielen Enkelkindern zur Verfügung stand und immer noch steht.

Annas Tagesablauf ist immer derselbe: aufstehen, Badezimmer, Frühstück, Einkauf und dann die Tageszeitung lesen. Als Erstes sieht sie immer die Todesanzeigen an, um zu erfahren, wer gestorben ist – oder wer noch lebt, wie sie oft schmunzelnd erzählt.

Dann liest sie den Lokalteil, den Sport lässt sie immer aus, der interessiert sie nicht.

Nach dem Mittagessen hält sie ihr Mittagsschläfchen, dann erledigt sie die Hausarbeiten, die sie noch größtenteils selbst bewältigt. Der restliche Tag ist ihr Luxus. Entweder sie trifft eine Freundin oder jemand aus ihrer Familie kommt vorbei oder sie liest ein Buch. Im „Spiegel" liest sie immer die Bestsellerlisten und freut sich, wenn sie ein Buch daraus in der örtlichen Bibliothek findet. Sonst bringen es ihr die Verwandten aus der Stadt mit. Manche Bücher scheinen ihr doch zu modern zu sein, doch sie hat immer schon fast alles gelesen, was ihr zwischen die Finger kam.

Heute ist ein wunderschöner Herbsttag, die Werbefotografen würden sich freuen. Nie ist der Himmel hier so blau wie im Oktober, wolkenlos und weit. Die meisten Leute gehen nun törggelen und genießen die Köstlichkeiten aus der bäuerlichen Küche, wie Gerstsuppe, verschiedene Knödel, Krapfen und natürlich Kastanien. Anna ist früher auch immer gerne törggelen gegangen, nun ist ihr die Kost doch etwas zu deftig.

Sie beschließt, den Roman weiterzulesen, den sie am Vortag ausgeliehen hat: „Die Glut" von Sándor Márai. Doch ihre Pläne werden durchkreuzt, als es plötzlich an der Haustüre klingelt. Langsam geht Anna hin, öffnet und steht Martina gegenüber, strahlend jung, mit einem Strauß Herbstblumen in der einen Hand und einem roten Fotoalbum in der anderen.

„Hallo Oma, ich war in der Nähe bei Onkel Luis, da dachte ich, ich bringe dir endlich die Sponsionsfotos vorbei!" Sie umarmen sich und Anna erhält einen dicken Kuss. Wie glücklich Martina doch aussieht, denkt sie und freut sich darüber. Gemeinsam sehen sie sich die Fotos an.

„Weißt du, meine liebe Martina, ich bin so unendlich stolz und glücklich darüber, dass du es geschafft hast – ich finde es großartig, dass du dich beruflich weiterentwickeln willst. Und das mit Amerika … ich bin ein bisschen traurig, aber die Hauptsache ist doch, dass du dich verwirklichen kannst. Ich bin sicher, du weißt, was richtig für dich ist." – „Danke, Oma. Mit Mama war das nicht so einfach, sie ist immer noch ein wenig beleidigt."

Die beiden Frauen sitzen am Kaffeetisch. „Ja Oma, alle freuen sich mit mir über meinen Abschluss, aber eigentlich fängt jetzt alles erst an!" – „Da hast du recht. Aber trotzdem macht es mich glücklich, dass heutzutage ein Mädchen die Möglichkeit hat, die Universität zu besuchen und etwas aus sich zu machen. Bei mir war das anders." „Oma, wir sehen uns in letzter Zeit leider so selten, aber etwas wollte ich dich schon oft fragen: Warum erzählst du eigentlich nie von deiner Kindheit? Es würde mich interessieren, wie du früher gelebt hast. Du warst immer so beschäftigt und wenn du mal Zeit hattest, hast du mir von Papas Kindheit erzählt. Aber wie war das eigentlich früher bei dir? Kannst du mir Fotos zeigen?" Da muss Anna lachen: „Fotos? Wir hatten kein Geld, wir waren eine kinderreiche Fa-

milie und mussten schauen, wie wir über die Runden kommen! Und erzählen … jeder alte Mensch hat sehr viel erlebt und viele Geheimnisse ruhen in ihm. Doch von früher erzählen, das habe ich schon lange nicht mehr getan. Die Zeit saust ja vorbei, heute ist heute, und ich freue mich, dass ich noch lebe und dass ich miterleben kann, wie aus euch etwas Anständiges wird.“ Martina lacht. „Nein, Oma, du weißt, ich bin hartnäckig, lenk jetzt bitte nicht ab. Wie war das denn bei dir damals, Oma, als du ein kleines Kind warst? Mit so vielen Geschwistern … was habt ihr denn immer gemacht? Was habt ihr denn in der Schule gelernt? Und warum bist du nicht in die höhere Schule gegangen, meine schlaue Oma?“

Anna lächelt ihre Enkelin an. „Das ist eine lange Geschichte und du stellst sehr viele Fragen … die alten Zeiten waren so hart und ich mag mich gar nicht mehr daran erinnern.“ – „Es interessiert mich aber wirklich!“

Anna lacht. Auch ihre Kinder wollten oft Geschichten von früher hören, aus ihrer Kindheit und Jugend. Doch sie schaffte es immer, diese Themen zu vermeiden, weil sie nicht gerne zurückschaute. Doch mit Martina ist das etwas anderes. Sie ist so willensstark und gleichzeitig so liebenswürdig. Anna kann sich selbst nicht erklären, warum, aber vielleicht könnte sie wirklich einmal wieder an früher denken und ihre Enkelin daran teilhaben lassen. Wo sie nun bald so weit wegfliegt.

Anna beginnt zu erzählen …

*

Trotz des Krieges, an den ich kaum Erinnerungen habe, erlebte ich eine unbeschwerte frühe Kindheit. Wir hatten immer nur das Nötigste zum Leben, aber das war zu jener Zeit normal. Das alte Haus, in dem ich mit meinen fünf Geschwistern aufwuchs, befand sich in einem kleinen Weiler oberhalb des Dorfes. Es wurde vor vielen Jahren abgerissen und existiert nur mehr in meinen Erinnerungen: Eine knarrende Holztreppe führte zur Wohnung im ersten Stock hinauf. Das Treppenholz war fast schwarz und schon etwas morsch. Vier Räume gab es in der Wohnung insgesamt: zwei Schlafzimmer, die Stube und die Küche. Das Plumpsklo befand sich außerhalb des Hauses.

In einem Schlafzimmer schliefen die Eltern, im anderen insgesamt vier Kinder. Es war sehr eng, aber eigentlich gemütlich. Ich schlief gemeinsam mit meiner älteren Schwester in der Stube. In der Ecke der Stube befand sich ein alter so genannter „Bruggenofen“, also ein Ofen mit Holzbrettern darüber. Dort konnte man die Wäsche zum Trocknen hinlegen, und im Winter konnte man sich wunderbar aufwärmen, indem man sich dort hinauflegte. Auf diesem Ofen war es am gemütlichsten. Aber auch sonst fühlte ich mich daheim sehr wohl. Geld war keines vorhanden, aber ich war nie alleine und hatte immer jemanden zum Spielen.

Im unteren Stock lebte mein alter Großvater in einem größeren Zimmer. Die restlichen unteren Räume wurden von zwei alten ledigen Tanten bewohnt, die sonst nirgends eine Bleibe hatten und sozusagen übrig geblieben waren. Sie waren nicht besonders gut angesehen, da sie mit durchgefüttert werden mussten, aber es gab ja noch keine richtigen Altersheime wie heute. Die beiden Tanten halfen mit, den bescheidenen Acker zu bestellen, auf dem ein paar Kartoffeln angebaut wurden. Auch halfen sie bei der Versorgung der paar Kühe und Hennen mit, wichtigste Quelle für das tägliche Essen auf dem Tisch unserer Familie.

Wie du wahrscheinlich weißt, war ich das vierte Kind, nach meiner ältesten Schwester Rosa und zwei Brüdern, Anton und Josef. Nach mir folgten noch mein Bruder Franz und meine Schwester Maria. Franz hast du ja leider nie gekannt, er ist im Zweiten Weltkrieg gefallen. Das hat mein Vater nie ganz überwunden, es war für uns alle ein Schock. Aber es war so, dass von fast jedem Hof jemand im Krieg das Leben lassen musste. Es waren eben sehr harte Zeiten.

Unser Bauernhof war nur sehr klein, viel zu klein für so viele Leute. So mussten wir immer mit allem sehr sparsam umgehen. Neue Kleider gab es eigentlich nie für uns, wir mussten immer die alten Sachen unserer älteren Geschwister tragen. Auch Lebensmittel kauften wir fast keine. Wir hatten ja Eier, Milch, Kartoffeln und Getreide. Auch Aprikosenbäume und Himbeerstauden besaßen wir. Da wir nur wenig Geld hatten, gab meine Mutter jede Woche einer so genannten „Gråmp“ Milch, Butter und Eier mit, die sie mit ihrer großen Kraxe, also einem Korb, in die Stadt brachte, um sie dort zu verkaufen. Diese Gråmpen waren bäuerliche Kleinhändlerinnen, die ihre Waren in den Städten verkauften. Meist hatten sie fixe Abnehmer, sonst gingen sie einfach mit ihren bäuerlichen Produkten von Tür zu Tür. So verdienten sowohl die Gråmp als auch meine Mutter etwas Geld. Vor allem Eier, die damals Mangelware waren, wurden gut bezahlt. Deshalb bekamen wir nur sehr selten selber ein Ei auf den Speiseplan.

Die Mutter hatte mit dem Haushalt, dem Hof und den Kindern alle Hände voll zu tun. Es gab ja damals noch keine technischen Hilfsmittel. Heutzutage leben die Menschen sehr bequem, mit der Waschmaschine und der Spülmaschine und dem Staubsauger. Früher mussten wir die Holzböden auf den Knien spülen. Alles war mit großer Arbeit verbunden. Im Winter war es so kalt draußen, alle Frauen hatten rote abgearbeitete Hände. Ich kann mich nicht daran erinnern, dass sich meine Mutter irgendwann ausgeruht hätte. Sie war immer beschäftigt und am Rande der Erschöpfung. Sie sah immer gleich alt aus, war sehr streng und hatte kaum einmal ein Lächeln auf den Lippen. Auch mein Vater war ein ernster Mann, der wenig sprach und sehr streng war. Sie hatten es ja auch wirklich schwer – kein Geld und so viele Kinder.

Dabei schienen sechs Kinder gar nicht auszureichen: Einmal kam der alte Pfarrer den weiten Weg zu uns herauf und unterhielt sich mit meinen Eltern. Nach dem Gespräch war mein Vater sehr ernst und machte ein böses Gesicht und meine Mutter weinte. Erst viel später habe ich erfahren, dass der Pfarrer sie gefragt hatte, warum sie denn keine weiteren Kinder hätten. „Wo a Hasl, då a Grasl", lautete damals ein allgemein bekannter Spruch – wenn Kinder erst da sind, wird man schon Mittel und Wege finden, sie zu ernähren. Die meisten Frauen waren fast jedes Jahr schwanger und waren rund um die Uhr beschäftigt.

Am allerliebsten hatte ich immer meinen alten Großvater. Auch er war eher wortkarg, wie die meisten Männer in den Bergen, aber von Anfang an kamen wir gut miteinander aus. Ich wusste genau, dass ich sein Liebling unter den Enkelkindern war. Immer, wenn wir Kinder stritten, war er auf meiner Seite und hielt zu mir. Das war nicht zu übersehen. Wir waren einfach ein Herz und eine Seele, immer schon. Ich wurde oft zu ihm geschickt, um ihm bei kleinen Arbeiten zu helfen oder ihm zwischendurch etwas zu essen zu bringen. Er lächelte mich immer dankbar an, mit seinen klugen, alten blauen Augen. Seine Augen waren wunderschön, und ich dachte immer, dass der liebe Gott wahrscheinlich auch genauso aussieht, mit weißem Bart und von der Sonne gebräunter Haut.

Manchmal las mir mein Großvater als Belohnung für meine Dienste etwas aus dem dicken Märchenbuch vor, das er vor vielen Jahren, in besseren Zeiten, für seine älteste Tochter gekauft hatte. Diese hatte sich aber nie dafür interessiert. Deshalb freute es ihn zu sehen, wie sehr ich es liebte, wenn er mir vorlas. Die Geschichten vom Schneewittchen, das ganz allein in den dunklen Wald geführt wurde, und vom Aschenputtel, das man zuerst so schlecht behandelte, das jedoch zu guter Letzt einen schönen Prinzen heiraten durfte, faszinierten mich besonders. Es gab damals natürlich noch keinen Fernseher und wir hatten keine anderen Bücher außer Bibel und Gebetsbuch, so war dieses Märchenbuch eine willkommene Abwechslung für mich. Mein Großvater las die Geschichten immer sehr langsam vor, und wenn es sehr spannend wurde, verstellte er gekonnt seine ansonsten tiefe Stimme. Ich genoss es sehr, mit meinem Großvater zusammen zu sein.

Da mir der Großvater immer aus demselben Buch vorlas, kannte ich mittlerweile fast alle Geschichten auswendig. Trotzdem genoss ich es, wenn mein „Nen", wie wir ihn nannten, mit seiner spannenden Stimme las.

Ich war keine fünf Jahre alt, als ich meinen Großvater zum ersten Mal fragte, was die seltsamen Zeichen im dicken Buch bedeuten. Große und kleine Buchstaben waren da zu sehen, dicke und dünne. Das Buch war, wie in meiner Kindheit üblich, in der alten Frakturschrift geschrieben. Die vielen schwarzen Buchstaben auf dem vergilbten Papier gefielen mir. Bilder waren im alten Märchenbuch keine, die gab es nur in meiner Fantasie.

Mein Großvater antwortete auf alle meine Fragen ruhig und sehr genau und erklärte mir, wie die einzelnen Wörter und Buchstaben lauteten. Bald konnte ich kurze Wörter selbst buchstabieren, und es dauerte nicht lange, da konnte ich richtig lesen. Ich las die Geschichten wieder und wieder und ich hatte das Gefühl, dass sich eine ganz neue Welt vor mir auftat. Alle Handlungen waren mir bis ins Detail bekannt, aber es war etwas ganz anderes, seit ich selber buchstabieren konnte. Die Handlungen erschienen mir nun viel lebendiger als vorher. Großvater bemerkte bald, dass ich nun das Lesen beherrschte, aber es sollte zwischen uns beiden ein Geheimnis bleiben. Es hätte wahrscheinlich auch niemanden sonderlich interessiert.

Inzwischen schrieb man das Jahr 1918, der Krieg ging zu Ende, und die älteren Familienmitglieder versuchten, irgendwie über die Runden zu kommen und die kinderreiche Familie zu ernähren. Obwohl ich zu Hause schon etwas mithalf, blieb mir noch genug Zeit für meine Lektüre. Meine älteren drei Geschwister gingen schon zur Schule, doch sie waren dort keine besonderen Leuchten und verfolgten den Unterricht mehr schlecht als recht. In Klassen mit oft über fünfzig Schülern konnten die Lehrpersonen kaum auf die einzelnen Schüler eingehen. Manche Kinder wurden sogar als Erstklässler ausgeschult. Ein bisschen Rechnen, ein bisschen Lesen, mehr wurde nicht gelehrt, da die Kinder unseres Bergdorfes sowieso kaum eine weiterführende Schule besuchen würden. Falls doch einmal ein gescheiter Bub dabei war, sollte er Lehrer oder Pfarrer werden. Kluge Mädchen waren nicht vorgesehen.

Ich freute mich sehr auf die Schule. Mein Großvater hatte mir schon sehr viel davon erzählt. Gerne wäre er in seiner Jugend selbst Pfarrer geworden. Wohlhabende Verwandte, die selbst keine Kinder hatten, hatten sich damals dazu bereit erklärt, das teure Schulgeld für ihn zu bezahlen. Einen Pfarrer in der Familie wollte jeder haben. Leider wurde er dann aber wegen eines Disziplinvergehens aus dem Gymnasium geworfen. Er hatte nämlich einen Lehrer mit dem Nachnamen Kaswalder, der eine sehr lange Nase hatte und deshalb den Übernamen „Naswalder“ trug. Alle nannten ihn hinter seinem Rücken so, aber natürlich waren die Kinder ihm gegenüber stets höflich und nannten ihn beim richtigen Namen. Mein Großvater schrieb einmal auf einen Zettel – absichtlich oder unabsichtlich, das wusste er später selbst nicht mehr genau – „Herr Naswalder“. Als der Lehrer diesen fand, regte er sich ungeheuerlich auf und verlangte, dass der Schuldige hart bestraft würde. Mein Großvater, auch sonst als Elfjähriger nicht ein Vorbild an Disziplin, war ehrlich genug, sich zu melden. Doch zu seinem Entsetzen wurde er daraufhin der Schule verwiesen. Das Lehrerkollegium fürchtete wohl, dass bei zu geringer Strafe vermehrt solche Vorfälle passieren könnten.

Daraufhin weigerten sich die Geldgeber meines Großvaters, weiterhin für seine Schullaufbahn aufzukommen, und so musste er sich wie seine Geschwister irgendwo als Knecht verdingen. Diese Jahre waren sehr hart für ihn. Er war so ein kluger Mensch und wurde zudem auch noch als verschmähter Pfarrer verspottet. Seine Schulkarriere war endgültig vorbei. Später heiratete er dann und wurde ein kleiner Bauer hier oben auf dem Hof seiner Frau. Von seinen Kindern glänzte in der

Schule keines durch besonderen Eifer. Umso mehr freute er sich, als er sah, wie wissbegierig ich als kleines Mädchen war. Manchmal bedauerte er seufzend, dass ich nur ein Mädchen sei, so würde ich meinen Verstand wohl kaum je gebrauchen können. Es war eine Zeit, als ein Mädchen dazu bestimmt war, irgendwann als Ehefrau möglichst viele Kinder in die Welt zu setzen und sich um die Familie zu kümmern. Aber dass ein Mädchen studieren könnte, das war in unserer dörflichen Welt nicht einmal denkbar.

Mir war das alles egal, ich erfreute mich an den Buchstaben und an dem dicken Märchenbuch und an Opas Lächeln, wenn ich besonders schön vorlas. Ich spürte seine Aufmerksamkeit und seinen Stolz auf mich; und das war für mich sehr viel wert. Leider hatten wir außer diesem Buch nichts Lesbares, aber auch das war für mich nicht so wichtig. Das Märchenbuch war ja sehr dick, das reichte für mich völlig aus.

Meine Brüder hatten bald bemerkt, dass mir das dicke alte Buch sehr wichtig war, und um mich zu ärgern, versteckten sie es manchmal. Ich weinte dann bittere Tränen, und den Großvater habe ich sonst nie so schimpfen gehört, wie in diesen Momenten mit meinen Brüdern. Deshalb gaben sie mir mein Buch immer wieder zurück, nicht jedoch, ohne mich lachend an den Zöpfen zu zupfen. Sie waren nicht bösartig, aber auch nicht gerade das, was man liebevoll nennen könnte. Ich aber war glückselig, wenn ich das Buch wieder hatte und, an meinen Großvater gekuschelt, darin lesen durfte.

So verging mein letzter Sommer vor der Schulzeit, der Sommer 1918. Ich war wissbegierig, fühlte mich bei einem Menschen geborgen und war voller Vorfreude auf das, was kommen würde. Ich konnte damals ja auch noch nicht ahnen, was mich in den folgenden Jahren alles erwartete. Hätte ich es gewusst, wäre ich sicher nicht so voll Begeisterung und Zuversicht gewesen.

*

Anna blickt nun zum Fenster hinaus und schaut sich den Abendhimmel an. Die Wolken ziehen über den Schlern hinweg, fast wie ein Säbel. „Hat der Schlern einen Sabel, wird's Wetter miserabel", heißt der alte Wetterspruch. Mal sehen, ob er diesmal, wie so oft, recht behält. Man kann sich kaum vorstellen, dass es bald regnen soll. Schön ist es hier, denkt sie wie so oft, wirklich schön, meine Heimat.

„Deine Kindheit war so ganz anders als meine", durchbricht Martina das Schweigen, „ihr habt viel mehr körperlich gearbeitet als wir heute. Als Kind habe ich nie daheim geholfen, höchstens mal den Tisch gedeckt oder so. Wir wurden sehr verwöhnt."

„Ja, die Arbeit hörte nie auf und es waren vor allem die Frauen, die den Hauptteil geleistet haben. Die Männer haben mittags nach der Arbeit oft gerastet oder zusammen Karten gespielt. Ich erinnere mich daran, wie die Männer nach der Heuarbeit auf der Wiese lagen und sich entspannten. Die Frauen aber haben

abgespült und sind nie zur Ruhe gekommen! Das war ihr Schicksal. Es galt als wenig tugendhaft, wenn jemand nichts tat. Abends wurde der Rosenkranz gebetet, und wenn dann noch alle gemütlich zusammensaßen, strickten die Frauen meistens. Und wenn es sonst nichts mehr für sie zu tun gab, sollten sie eben wieder beten. Ora et labora! Das wurde früher vor allem bei den Frauen wörtlich genommen."

„Ich finde es traurig, dass dein Großvater enttäuscht darüber war, dass du kein Junge warst. Unvorstellbar, so eine Aussage!" Martina schüttelt den Kopf.

Anna sieht sie lächelnd an. „Weißt du, Martina, das hat er gar nicht böse gemeint, aber dass ein Mädchen länger zur Schule gehen oder gar studieren sollte – das wäre als reine Verschwendung angesehen worden. Früher war es sogar üblich, dass Frauen sofort aus dem Schuldienst entlassen wurden, wenn sie heirateten, weil eine Doppelrolle nicht vorgesehen war."

Empört schaut nun auch Martina in die Ferne. Das leuchtende Abendrot scheint sie gar nicht mehr wahrzunehmen. „Das waren wohl harte Zeiten für die intelligenten Frauen! Heutzutage sind solche Aussagen unvorstellbar, zum Glück!"

„Ja, das kann man wohl sagen. Stell dir vor, früher waren viele Männer – auch gebildete! – der Auffassung, dass Frauen nicht so intelligent sein konnten wie sie, sonst hätten sie sich in der Geschichte der Wissenschaft und Technik mehr hervorgetan. Aber

wie hätten sie das tun sollen, zwischen einer Schwangerschaft und der nächsten, zwischen Windeln, Wäschewaschen und Kochen? Nein, es war nicht leicht für uns, und umso mehr freue ich mich, wenn ich dich heute sehe, meine liebe Martina. Als du bei deiner Sponsion da vorne gestanden bist, war ich so unendlich stolz auf dich. Heute habt ihr die Möglichkeit, jeden Beruf zu ergreifen und eure Begabungen zu entfalten. Ihr lebt in einer glücklichen Zeit, meine Liebe, vergiss das nie. Du kannst arbeiten und Kinder bekommen, nichts bleibt dir verwehrt! Und heute traut sich wohl keiner mehr zu behaupten, dass Frauen weniger intelligent seien als Männer."

Martina muss nun lachen. „Weißt du, Oma, so kenne ich dich ja gar nicht. Du redest ja wie eine Feministin! Du hättest Anfang unseres Jahrhunderts mit den ersten Frauenrechtlerinnen auf die Straße gehen sollen!"

Nun muss auch Anna lachen. „Feministin? Ich? Nur, weil ich die Wahrheit sage? Nein, nein, ich bin nur eine, die sagt, was sie denkt. An uns Mädchen hat früher niemand so richtig geglaubt. Wenn du wüsstest, was ich in meiner Schulzeit alles mitgemacht habe ..."

„Erzähl mir davon, Oma! Wie war das damals bei dir, als du in die Schule gekommen bist? Bist du gerne dorthin gegangen?"

„Willst du wirklich noch etwas hören? Es ist schon bald dunkel, fahr doch nach Hause, ich erzähle dir das nächste Mal davon."

„Nein, Oma, spann mich nicht auf die Folter."

Anna freut sich über die Anwesenheit ihrer Lieblingsenkelin und über ihr großes Interesse an ihrer fast schon vergessenen Vergangenheit. So erzählt sie weiter …

✶

An meinem ersten Schultag strahlte ich mit der Sonne um die Wette. Endlich, endlich durfte ich zur Schule gehen! So lange schon hatte ich mich auf diesen Tag gefreut. Der Großvater hatte mir nämlich versprochen, dass ich dort neue Bücher kennenlernen würde. Das Märchenbuch gefiel mir zwar sehr gut, aber ich wollte auch noch etwas anderes lesen. Meine älteren Geschwister konnten gar nicht verstehen, dass ich so gut aufgelegt war. „Du wirst schon noch sehen, was da auf dich zukommt", warnte mich mein Bruder Toni. „Langweilig ist es, man muss stillsitzen und Hausaufgaben machen und der Lehrer ist sehr streng!" Das alles konnte mich nicht davon abhalten, mit einem fröhlichen Gesicht das Schulhaus zu betreten. Bei uns waren mehrere Schulstufen in einer Klasse vereint. Viele Kinder hatten im Vorjahr das Klassenziel nicht erreicht und mussten die Klasse wiederholen. Auch wenn die Schule Anfang Oktober begann, war sie nur von „Martini bis Georgi" verpflichtend, also vom 11. November bis zum 23. April. In der Zeit davor und danach wurden die Bauernkinder auf dem Hof gebraucht und mussten nicht zur Schule gehen. Es war also alles ganz anders als heute.

Der Lehrer begrüßte uns Kinder und erklärte uns Erstklässlern die wichtigsten Regeln: aufzeigen, wenn man etwas zu sagen hat, ruhig sitzen bleiben und nicht mit dem Nachbarn schwätzen, in der Pause aufs Klo gehen. Ich hörte wie gebannt zu. Der Lehrer kam mir sehr alt vor, fast so alt wie der Großvater, aber er gefiel mir von Anfang an. Da er zwei Klassenstufen zugleich unterrichtete, hatte er sehr viel zu tun, alle Kinder sinnvoll zu beschäftigen. Nachdem er die älteren Schüler mit Aufgaben versorgt hatte, nahm er uns fünfzehn Erstklässler – davon drei Sitzenbleiber – zur Seite und befasste sich ausschließlich mit uns.

„Nun seid ihr keine kleinen Kinder mehr", begann er, „der Ernst des Lebens hat begonnen. Ihr werdet lesen und schreiben lernen, rechnen und Religion!" Ich war begeistert. „Wir fangen gleich heute mit dem ersten Buchstaben an!", fuhr der Lehrer fort. „Das ist das A!" Und er zeigte uns eine große Tafel mit einem riesigen A. Alle Kinder durften dann auf ihre kleinen Schiefertafeln ein A malen. Wir benutzten dafür einen eigenen Stift, auch einen Schwamm besaß jedes Kind. Ich bemühte mich sehr. Da ich noch nie eine Tafel besessen hatte, war es auch mein erster Schreibversuch. Der Buchstabe wurde zwar etwas wackelig, weil ich mich erst an den Stift und die Tafel gewöhnen musste, aber trotzdem war ich sehr stolz auf mein Werk. Der Lehrer schaute sich die Ergebnisse der Bemühungen seiner Erstklässler an, dann befahl er uns, noch mehr As zu schreiben. Inzwischen widmete er sich seinen anderen Schülern.

So verging die erste Schulstunde meines Lebens wie im Flug. Später kam der Pfarrer und hielt die Religionsstunde ab.

Und nach der Pause wurde gerechnet. Damit hatte ich noch wenig Erfahrung und interessiert folgte ich dem Unterricht.

Zu Mittag aß ich gemeinsam mit meinen älteren Geschwistern bei der alten Tante Mena, die nur wenige Häuser vom Schulhaus entfernt wohnte. Dafür, dass sie für die Kinder ihres jüngsten Bruders jeden Tag kochte, wurde sie mit Erzeugnissen vom Bauernhof versorgt. Sie war eher mürrisch, kochte aber reichlich und bemühte sich darum, dass wir Kinder einigermaßen gebildet bei Tisch saßen. Nach dem Nachmittagsunterricht dann begann der Heimweg. Fast eine Stunde benötigten wir Kinder bis zu unserem Heimathaus, dem Forerhof. Dabei war das gar nicht viel, andere mussten über zwei Stunden lang durch den Wald wandern, um das Schulhaus zu erreichen. Der Schulweg machte uns aber gar nichts aus, wir schwatzten vergnügt und lachten und die Bewegung tat uns nach dem langen Stillsitzen gut. Als wir zu Hause waren, halfen wir der Mutter beim Holzholen, im Stall und beim Tischdecken.

Noch vor dem Essen besuchte ich wie immer meinen Großvater. „Und, Nannele, was hast du denn heute gelernt?“, fragte mich der alte Mann. „Das A!“, antwortete ich stolz. „Ich durfte auf die kleine Tafel schreiben!“ Der Großvater lächelte. Er freute sich jedes Mal, wenn ich zu ihm kam. „Heute ist dein erster Schultag, Nannele“, sagte er mit ernster Miene zu mir. „Du darfst viele neue Sachen lernen, deswegen ist das heute ein sehr wichtiger Tag für dich! Ich habe als Andenken an den heutigen Tag ein Geschenk für dich!“ Ich traute meinen Ohren kaum. Geschenke waren bei uns eigentlich kaum üblich. Nur zu Allerheiligen gab es eine Kleinigkeit von der Patin, wie ein Paar Strümpfe oder einen Schürzenstoff, ebenso zu Nikolaus. Auch der Namenstag wurde bei uns gefeiert, nicht aber der Geburtstag. Ich konnte mich nicht daran erinnern, dass meine älteren Geschwister zum Schulanfang etwas erhalten hätten.

Der Großvater überreichte mir ein schmales Buch. Es war sehr alt, er hatte es für mich gekauft, als er das letzte Mal in der Stadt gewesen war, und eigens für diesen besonderen Tag aufbewahrt. Das Buch hieß „Schätze für Kinder" und enthielt Geschichten für Kinder in meinem Alter. „O Nen, so ein schönes Buch!" Mir stockte der Atem, als ich in diesem kostbaren Buch blätterte. Sogleich las ich meinem Großvater eine Geschichte vor, die von Tieren auf einem Bauernhof handelte. Ich wollte auch die nächste lesen, doch da sagte er zu mir: „Lass nur, Nannele, morgen ist auch noch ein Tag. Gehen wir hinauf, jetzt ist Essenszeit." Und gemeinsam gingen wir beide die steile Treppe empor, um mit der restlichen Familie das allabendliche Mus zu essen. Dieses wurde in einer riesigen Pfanne serviert, aus der jeder mit seinem Löffel aß. Jeder hatte seine Ecke, die nur ihm vorbehalten war. Manchmal versuchten meine Brüder, mit dem Löffel in das Mus zu stechen, so dass die kostbare Butter zu ihnen rinnen konnte. Doch meine Eltern mochten das gar nicht und dann gab's eine mit dem Kochlöffel auf die Hand. Tischgespräche waren bei uns kaum üblich; meistens aß jeder still vor sich hin.

Nach dem Essen betete die Familie gemeinsam in der Stube den Rosenkranz, dann gingen alle zu Bett. Ich konnte fast nicht einschlafen, so aufgeregt war ich. Nun war ich ein Schulkind, mit einer Tafel und einer Kreide und mit einem neuen Buch! So viele neue interessante Geschichten! Schließlich schlief ich zufrieden ein.

So sehr ich mich auf die Schule gefreut hatte, so sehr war ich schon nach wenigen Tagen im Schullalltag ernüchtert. Anstatt ganze Bücher zu lesen, sollten wir Erstklässler Buchstabe für Buchstabe lernen. Der Lehrer ging im Schneckentempo mit dem Lernstoff weiter. Auch die Rechenaufgaben forderten mich überhaupt nicht heraus. „Stell dir vor, Nen, einige Kinder können noch nicht mal bis 20 zählen!“ Ich war entsetzt. Der Großvater ermahnte mich, Geduld zu haben, es werde sicher bald besser werden. „Weißt du, meine Kleine, du bist ein blitzgescheites Mädchen, du darfst nicht erwarten, dass alle so sind wie du. Der liebe Gott hat dir ein kluges Köpfchen geschenkt, aber du darfst dir nichts darauf einbilden, sondern du musst das Beste daraus machen. Das darfst du nie vergessen, Nannele!“ Die ehrlichen Worte meines Großvaters habe ich nie vergessen. Trotzdem wurde ich von Tag zu Tag ungeduldiger. Wie sollte ich je etwas Vernünftiges lernen, wenn alles so langsam weiterging?

Zu Hause saß ich am späten Nachmittag gewöhnlich gemeinsam mit meinen Geschwistern am großen Tisch in der Stube. Alle machten ihre Hausaufgaben.

Ich musste wieder einmal Buchstaben üben, diesmal das M. Nachdem ich dies erledigt hatte, schielte ich zu meinem Bruder Sepp hinüber. Der hatte aber eine tolle Hausaufgabe! Nicht so etwas Langweiliges wie ich! Er durfte einen richtigen Aufsatz schreiben, über die Tiere des Waldes. Unauffällig las ich, was er geschrieben hatte. Doch oje, was war denn das? Er hatte ein Wort falsch geschrieben, Reh ohne „h"! Schüchtern machte ich ihn darauf aufmerksam. „Woher willst du denn das wissen?", fragte er beleidigt. Er mochte mich sonst sehr gerne, doch dass ich mich als Erstklässlerin erkühnte, ihn zu verbessern, vertrug er überhaupt nicht. Da brachte ich ihm mein neues Buch, in dem das Wort richtig zu lesen war. Ohne länger zu überlegen, verbesserte er das Wort, so wie ich es ihm gesagt hatte.

Als ich noch kurz meinen Großvater besuchte, erzählte ich ihm wieder einmal von meiner Langeweile in der Schule und wie enttäuscht ich darüber war. „Geduld, mein kleines Nannele, Geduld", mahnte er, „du wirst sehen, es kommen noch so viele interessante Sachen, dir wird die Schule noch sehr gut gefallen!" Wenn der Großvater das sagte, musste es wohl stimmen, hoffte ich. „Warum sagst du dem Lehrer eigentlich nicht, dass du schon lesen kannst? Dann bekommst du vielleicht interessantere Aufgaben", schlug der Großvater vor. Aber das hätte ich mich niemals getraut.

In der nächsten Woche übten wir Abc-Schützen den Buchstaben O. Die Schüler waren je nach Schulstufe auf verschiedene Ecken verteilt. Die Kinder der zweiten Klasse machten Leseübungen. Ich war mit meiner Aufgabe wieder einmal viel zu früh fertig und hörte den Größeren zu. Als eine Schülerin die Buchstaben nur sehr langsam zusammenlauten konnte, schimpfte der Lehrer: „Josefine, du bist viel zu langsam, du musst öfter daheim üben! Wer hilft ihr, diesen Text zu lesen?“ Ohne lange zu überlegen, meldete ich mich. Der Lehrer war überrascht: „Anna, sei nicht vorlaut und mach deine eigenen Aufgaben, das kannst du noch nicht!“ Doch da begann ich schon zu lesen:

Gute Eltern

Wie verdank ich
Gott die Gabe,
daß ich gute Eltern habe,
die für mich vom Morgen
bis zum Abend sorgen.

Alle schauten mich nun an. Mit hochrotem Kopf blickte ich zu Boden. Das durfte ich ja gar nicht, ich ging ja erst in die erste Klasse. Der Lehrer näherte sich verwundert meinem braunen Pult. Da Sepp auch zu den Zweitklässlern gehörte, nahm der Lehrer wohl an, dass mein Bruder zu Hause neben mir die Sätze in der Fibel geübt und ich daher zufällig richtig geraten hätte. „Anna, was fällt dir ein, mach deine eigenen Aufgaben!“, herrschte er mich an. Er war eigentlich mehr verwundert als verärgert, doch ich erschrak und widmete mich sofort wieder meiner Tafel. Dem Lehrer kann man im Nachhinein eigentlich keinen Vorwurf machen. Er hatte immer alle Hände voll zu tun, um seine 28 Schüler zu beschäftigen. Und es war ja nicht vorgesehen, dass jemand etwas beherrschte, das noch nicht vermittelt worden war.

Zu Hause erzählte Sepp natürlich sofort, was geschehen war. „Nannele, warst du ungehorsam oder vorlaut?“, schimpfte die Mutter. „Nein, das Nannele glaubt nur immer, dass sie die Gescheiteste von allen ist“, sagte Toni. Da mischte sich der Großvater ein: „Unser Nannele ist wirklich ein sehr gescheites Mädchen, das könnt ihr mir glauben.“ – „Die Gescheitheit eines Mädchens bringt nichts“, sagte da der Vater. „Mir wäre es lieber, wenn du in Haus und Garten etwas fleißiger und rascher arbeiten würdest!“ Dieser Vorwurf saß. Ich war zwar sehr rasch im Begreifen, aber sehr ungeschickt in praktischen Dingen. Außerdem war ich immer schon gänzlich uninteressiert an allen häuslichen Arbeiten. Damit war das Gespräch beendet. Meine Eltern bewerteten mich nach meinen Haushaltsarbeiten, nie nach meinen Schulleistungen. Das sollte auch immer so bleiben.

Am nächsten Tag bat der Lehrer mich, in der Pause kurz zu ihm zu kommen. Erschrocken stellte ich mich neben das Lehrerpult. Einige meiner Mitschüler schauten mich hämisch an. Nun würde ich wohl auch einmal ausgeschimpft werden, dachten sie wohl. „Anna, ich muss dich etwas fragen“, begann er. „Wieso hast du gestern den Text schon lesen können? Sag mir die Wahrheit!" Ich brachte kaum ein Wort heraus, so aufgeregt war ich. Dann fielen mir die Worte meines Großvaters ein und ich antwortete schließlich mit hochrotem Kopf: „Weil das andere alles falsch war. So stimmt das nicht, wie die das gelesen haben." – „Hm, soso. Komm mal mit!" Ich folgte dem Lehrer zum Bücherschrank. Er nahm das Lesebuch der zweiten Klasse heraus und fragte: „Kannst du mir sagen, was das für ein Buchstabe ist?" – „Ja, das ist ein N", antwortete ich. „Und das?" – „Ein W." – „Und kannst du mir auch sagen, was dieses Wort bedeutet?" – „Ja, Herr Lehrer, das heißt Baum." – „Und dieser Satz?" – „Ich gehe gerne in die Schule, weil ich dort etwas für mein Leben lernen darf." Der Lehrer sah mich eine Zeit lang an, dann ließ er mich noch andere Sätze vorlesen und schließlich einen längeren Absatz. Dann fragte er mich: „Anna, wer hat dir denn das Lesen beigebracht? Deine älteren Geschwister?" Ich zögerte mit der Antwort, weil ich sie selbst nicht genau kannte. Dann erwiderte ich: „Der Großvater hat mir immer vorgelesen, und ich habe ihn gefragt, was die einzelnen Buchstaben und Wörter bedeuten. Und irgendwann habe ich es dann auch gekonnt." Dieses Gespräch war mir sehr unangenehm, ich fiel nicht gerne auf. Deshalb fragte ich schüchtern: „Kann ich jetzt gehen, Herr Lehrer?" Er ließ mich gehen, beendete dann bald die Pause und führte dann wie gewohnt seinen Unterricht fort.

Viele Jahre später erst erzählte mir unser Pfarrer, wie es dem Lehrer nach diesem Gespräch gegangen war. Erst nach der Schule konnte er sich gedanklich mit mir befassen. Die Situation war nicht gänzlich neu für ihn. Er war nun über vierzig Jahre lang im Dienst, das hatte er aber erst einmal erlebt. Allerdings waren die Umstände damals ganz anders gewesen: Der einzige Sohn einer wohlhabenden Familie, die inzwischen nicht mehr im Dorf wohnte, hatte auch bereits vor der regulären Schule lesen und schreiben gekonnt. Seine Lebensumstände unterschieden sich aber stark von meinen. Er hatte ein eigenes Kindermädchen und seine Eltern waren sehr gebildet. Es hatte also niemanden verwundert, dass er sehr intelligent und belesen war. Dieses Mädchen aber, aus einer kinderreichen und ärmlichen Bauernfamilie, wie war das nur möglich? Er beschloss, beim nächsten Treffen mit dem Pfarrer darüber zu sprechen.

Unterdessen ging es in der Schule weiter wie gewohnt. Ich langweilte mich nach wie vor. Mein Gespräch mit dem Lehrer konnte ich nicht richtig einordnen, er selbst allerdings wohl auch nicht. Was sollte man denn mit einem solchen Mädchen machen? Abgesehen von meinen intellektuellen Fähigkeiten war ich immer ein ganz normales Kind. Nach dem Gespräch mit mir hatte er mich näher beobachtet und öfters etwas gefragt. Dabei war ihm aufgefallen, dass ich sehr schnell und eifrig im Rechnen war und sehr ungeschickt im Handarbeiten. Eben gar nicht günstig für ein Mädchen. In die Klasse war ich gut integriert. Ich ging dem Lehrer nicht mehr aus dem Kopf, wie ich später vom Pfarrer erfahren habe.

Wie jeden Donnerstag traf er sich auch an diesem Novembertag mit dem Dorfpfarrer, Hochwürden Sebastian Kammerer.

Der Geistliche war ein älterer Herr und bereits seit über dreißig Jahren im Dienste der Gemeinde. Er kannte alle Familien des kleinen Bergdorfes. Nachdem die beiden Männer zuerst über verschiedene Ereignisse im Dorfleben gesprochen hatten, erzählte der Lehrer von mir. „Sie kennen ja bestimmt die Familie Pircher vom Forerhof", begann er. – „Ja, das sind brave, fromme Leute." – „Die Anna ist das vierte Kind der Familie. Sie ist Erstklässlerin und kann schon sehr gut lesen. Sie hat gesagt, dass es ihr der Großvater beigebracht hat. Sie ist auch sonst ein recht gescheites Mädchen." – „Soso. Auch der Großvater war nicht dumm. Ich erinnere mich daran, gehört zu haben, dass er auch einmal Pfarrer werden wollte. Aber leider ist nichts daraus geworden. Er hat im Brixner Vinzentinum zu viel gestört und ist deswegen wieder heimgeschickt worden." – „Ach so, das wusste ich gar nicht. Ich weiß nicht recht, was ich mit dem Mädchen machen soll. Das Kind scheint sich furchtbar zu langweilen mit dem Lernstoff. Aber ich will es auch nicht zu viel hervorheben." – „Nein, nein, nur das nicht. Sonst wird es noch stolz und glaubt, etwas Besonderes zu sein. Überhaupt, für ein Mädchen ist es gar nicht gut, zu gescheit zu sein. Pfarrer kann es ja wohl kaum werden, und für das Studium zur Lehrerin hat sicher niemand das Geld. Später wird Anna Pircher Dienstmagd oder, wenn sie Glück hat, Bäuerin, da ist es besser, sie bleibt auf dem Boden." Somit war das Gespräch beendet.

„Ich mache mir ganz andere Sorgen", sprach der Pfarrer weiter. „Wie soll das jetzt alles weitergehen für uns Südtiroler, jetzt nach dem verlorenen Krieg?" Der Lehrer sah ihn schweigend an.

✶

Inzwischen war der Winter eingebrochen, unser Schulweg war verschneit, so dass wir jeden Tag noch mehr Zeit bis zur Schule benötigten, da wir durch den tiefen Schnee stapfen mussten. Ich mochte diese Zeit – bald war Weihnachten, mein liebstes Fest im Jahreslauf.

Das Weihnachtsfest wurde bei uns immer so gefeiert, wie es damals allgemein üblich war: Am Vormittag des Heiligen Abends wurde das Haus festlich hergerichtet. Der Stubenboden und die Gänge wurden sauber geschrubbt, Tische und Bänke blank gescheuert. Und in der Küche wurden Schmalzkrapfen herausgebacken, die die hungrigen Mägen mittags und abends und nach dem nächtlichen Kirchgang füllen sollten.

Der Heilige Abend war ein großer Fasttag. Bis zum Mittagessen wurde gefastet, dafür wurde dann zu Mittag außergewöhnlich viel gegessen. Es gab aber nur Fastenspeisen: Suppe, manchmal Kraut oder Omeletten und dann Krapfen oder „Kiachl", unsere Bauernkrapfen.

An diesem Tag wurde auch die Krippe aufgestellt. Diese Arbeit erledigte mein Großvater. Ich durfte ihm als kleines Mädchen immer dabei zusehen und später sogar helfen – ich durfte stets das Christkind in die Krippe legen. Das tat ich sehr gerne.

Am Abend gab es wieder viele Fastenspeisen. Vor dem Abendessen ging unser Vater mit der Glutpfanne durch das Haus und beräucherte alle Räume. Meine Mutter trug das Weihbrunnkrügl und sprengte Weihwasser in jeden Winkel. Wir Kinder waren jedes Jahr sehr beeindruckt von dieser Zeremonie.

Die Christmette fand um Mitternacht in der Pfarrkirche statt. Damals gab es noch keine Beleuchtung der Wege. Man musste selbst ein Licht mitnehmen, um etwas sehen zu können. Dazu verwendete man sogenannte „Kentel", das waren dünne Fackeln aus zusammengebundenem gespaltenem Holz. Es war ein schönes Bild, wenn ringsum von den höher gelegenen Häusern und Höfen die Kirchgänger mit den hellrot brennenden Kenteln zum Dorf herabkamen.

Nach der Christmette gingen wir wieder heim. Dort machten wir uns – es war schon nach Mitternacht und das Fasten vorbei – ausgiebig über die schon vorher zubereitete Fleischsuppe her. Erst sehr spät gingen wir schlafen.

So wurde Weihnachten früher bei uns gefeiert, und es war jedes Jahr sehr schön und feierlich. Wir saßen zusammen im Kerzenschein, das war das Wichtigste.

Als dann das Neue Jahr ins Land zog, begann bald wieder die Schule. Ich ging weiterhin nur sehr unwillig dorthin. Zum Glück fand ich einige nette Freundinnen in meiner Klasse. Zu Hause las ich zwar noch sehr gerne in meinem neuen Buch, aber die Begeisterung war nun doch etwas gebremst. Die anderen Kinder wussten, dass ich sehr schnell begriff. Deshalb baten sie mich oft darum, ihnen bei den Hausaufgaben zu helfen, was ich sehr gerne tat.

Der Dorfpfarrer hatte das Gespräch mit dem Lehrer schnell wieder vergessen, weil er in der politischen Situation von damals ganz andere Sorgen hatte. Erst in der nächsten Religionsstunde fiel ihm alles wieder ein. Deshalb nahm er sich vor, mich näher zu beobachten. So fiel ihm auf, dass ich zwar oft gelangweilt schien, aber auf jede seiner Fragen eine vernünftige Antwort geben konnte. Stolz schien ich ihm gar nicht zu sein, eher schüchtern. Nach und nach schloss er mich in sein Herz. Ich war nach seinen späteren Angaben eine der wenigen, die die Gebete nicht nur herunterrasselte, sondern manchmal auch vertiefende Fragen stellte. Ich schien mich wirklich für den lieben Gott und seine Schöpfung zu interessieren. So fing er an, mir einfache Bücher aus seiner bescheidenen Bibliothek zu leihen. Dies gab mir endlich wieder Auftrieb. Begeistert verschlang ich die Bücher und verlangte immer nach neuen. Zu Hause fiel den Eltern bald auf, dass ich ständig neue Lektüre heimbrachte. Sie waren der Meinung, dass zu viel Lesen für ein Mädchen schädlich sei. Deshalb versuchten sie zuerst, mir die Bücher zu verbieten. Doch mit meiner Reaktion hatten sie nicht gerechnet: Ich, das sonst so folgsame und ruhige Mädchen, weinte tagelang und wollte das Zimmer nicht mehr verlassen. Als ich schließlich auch noch Fieber bekam und ganz unruhig wurde, erlaubten sie mir, wieder zu lesen. Kurze Zeit danach war ich wieder gesund und blühte auf. Bücher waren nun einmal mein Lebenselixier. Um auf andere Art zu verhindern, dass ich zu viel las, wurde ich nun noch stärker in die häuslichen Arbeiten einbezogen. So war ich abends immer sehr müde. Aber die täglichen Besuche beim Großvater wurden nicht gestrichen, ihm las ich immer etwas vor. Manchmal bedauerte er noch, dass ich kein Junge war. Aber mein Geschlecht war schließlich nicht mehr zu ändern, so freute er sich an meinem Eifer und an meiner Begeisterung.

„Du scheinst ja wirklich eine besondere Schülerin gewesen zu sein, noch dazu hier in diesem Kaff!“, wirft Martina ein. Doch Anna ist so vertieft in ihre Erzählung, dass sie einfach weiterspricht.

Das erste Schuljahr ging rasch vorüber. Am Ende hatte ich insgesamt vierzehn Bücher vom Pfarrer ausgeliehen und gelesen. Diese wurden immer schwieriger, doch wenn ich etwas nicht verstand, fragte ich einfach meinen Großvater. Der war mein Lehrmeister und wusste über alles Bescheid.

Im Sommer ging ich erstmals mit meinen älteren Geschwistern auf die Alm, um die Kühe zu hüten. Da auch einige Tiere anderer Bauern zu beaufsichtigen waren, gab es sehr viel Arbeit. Anfangs war ich sehr traurig, weil so die allabendlichen Treffen mit meinem Großvater entfielen. Doch er tröstete mich damit, dass ich in ein paar Wochen ja wieder heimkäme. Inzwischen sollte ich die gute Almluft genießen und kräftig wachsen. Und er behielt recht: Die Abwechslung tat mir richtig gut. Um nicht ganz ohne Bücher zu sein, hatte ich mir noch zwei vom Pfarrer ausgeliehen. Abends nach dem Essen und Aufräumen wurde der Rosenkranz nicht so fleißig gebetet wie zu Hause. Rosa, die Älteste von uns, versuchte zwar, zu beten, wie es daheim üblich war, doch auch die Brüder wollten ihre Freiheit genießen. Deshalb konnte ich meine zwei Bücher schnell lesen. Anfangs hänselten mich meine Brüder wie üblich und bezeichneten mich als Bücherwurm. Um mich zu ärgern, versteckten sie mir wieder einmal meine geliebten Bücher. Doch als sie dann meine verzweifelten Tränen sahen, gaben sie sie mir zurück. „Du bist schon komisch“, meinte Toni. „So ein Mädchen wie dich kenne ich sonst keines.“ – „Ich lese eben gerne“, erwiderte ich.

Ende September kehrten wir alle wieder nach Hause zurück. Ich freute mich sehr darauf. Auch auf die Schule freute ich mich. Dort war es für mich abwechslungsreicher als auf der Alm.

Die anderen Schüler hatten bald bemerkt, wie schnell ich in allem war. Deshalb baten sie mich immer wieder, ihnen bei den Hausaufgaben zu helfen. Anfangs hatten die anderen Kinder mich eher gemieden, da sie mich wohl für eine Streberin hielten. Doch da ich sehr hilfsbereit war, wurde ich bald sehr beliebt.

Thomas, der Sohn eines wohlhabenden Bauern, kam mit mir von Anfang an nicht gut zurecht. Er war auch ein sehr guter Schüler und hegte großen Groll gegen mich. Einmal wollte er es mir heimzahlen, dass ich bessere Noten hatte als er – er wollte mich vor allen bloßstellen. An diesem Tag mussten wir unsere Aufsätze vorlesen, Thomas aber versteckte mein Aufsatzheft in einem unbeobachteten Moment. Ich bemerkte das gar nicht. Als ich aber an die Reihe kam, meinen Kurzaufsatz vorzulesen, wurde ich nervös. „Was ist denn, Anna?", fragte der Lehrer. Er war es von mir sicher nicht gewohnt, dass ich ohne Schulsachen in die Schule kam. „Herr Lehrer, ich finde mein Heft nicht!" Ich errötete stark. Wo konnte es nur sein? Auf die Idee, dass es mir jemand entwendet haben könnte, kam ich in meiner Unschuld gar nicht. Ich wollte aber unbedingt meinen Aufsatz vorstellen. Da ich mein Heft nicht finden konnte, sprach ich einfach frei herunter. Ich konnte mich fast noch an den vollständigen Aufsatz erinnern, den ich geschrieben hatte; den Rest erfand ich einfach spontan dazu. Dieses Mal vergaß der Lehrer seine Vorsätze und gab mir ausnahmsweise die Höchstnote. Ich war wohl wirklich gut, daran bestand kein Zweifel. Nach dem Unterricht nahm sich der Lehrer Thomas vor. Er hatte dessen hämisches Grinsen gesehen, als ich mein Heft nicht fand. Der Lehrer stellte den Jungen zur Rede und trug ihm auf, das Heft wieder auf mein Pult zu legen.

Thomas besaß ein wunderschönes Fahrrad, eines der wenigen im Dorf. Es war nicht mehr neu, hatte aber eine Klingel. Nach der Schule fragte er mich eines Tages, ob ich nicht ein Stückchen auf seinem Fahrrad mitfahren wollte. Ich freute mich sehr über seine plötzliche Freundlichkeit und stieg auf.

Meinen Geschwistern sagte ich, dass ich nachkommen würde. So fuhr Thomas mich an das andere Ende des Dorfes, und ich genoss es, vorne auf der Radstange zu sitzen. Alle sahen mich an und winkten mir zu. Dann, ungefähr zwanzig Gehminuten von der Schule entfernt, hielt er plötzlich an. „So, Fräulein Neunmalklug, die Fahrt ist zu Ende“, sagte er spöttisch und warf mich grob von der Radstange. Ich fiel hin und schlug mir das Knie auf. Böse lachend fuhr er davon. Ich weinte bittere Tränen. Wie konnte man nur so gemein sein? Ich ging langsam wieder in Richtung Schule zurück. Meine Geschwister waren sicher schon vorausgegangen und ich hatte noch meinen ganzen Heimweg vor mir. Da kam plötzlich Luis des Weges, einer der großen Buben, dem ich öfters bei den Schulaufgaben geholfen hatte. Er hatte mich vorher lachend vorbeiradeln sehen und verstand sofort, dass Thomas mir irgendetwas angetan hatte. „Nicht weinen, Nannele, der Depp ist ja nur neidisch!“, tröstete er mich und nahm mich bei der Hand. Er war mindestens vier Jahre älter als ich und wohnte ganz in der Nähe. Er holte einen Leiterwagen, hob mich hinein und fuhr mich bis zur Schule. Das habe ich ihm nie vergessen, bis zum Ende meiner Schulzeit in meinem Heimatdorf half ich ihm immer, wenn ich konnte.

Die Sache hatte für Thomas noch ein Nachspiel. Nachdem ich meinen großen Brüdern die Geschichte erzählt hatte, ärgerten sie sich sehr, vor allem Toni. Wir stritten zwar oft, wie alle Geschwister, er vertrug es aber überhaupt nicht, wenn jemand von außen sich etwas gegen einen von uns erlaubte.

Jedenfalls sah man Thomas am nächsten Tag mit einem blauen Auge in die Schule kommen. Von nun an gelang es ihm nie mehr, seinen Ärger an mir auszulassen, weil ich von meinen großen Brüdern beschützt wurde. Von da an ließ Thomas mich immer in Ruhe.

Der nächste Sommer verflog noch schneller als der vorangegangene. Ich verbrachte ihn wieder mit meinen drei Geschwistern auf der Alm. Diese hatten sich mittlerweile daran gewöhnt, dass ich immer ein Buch bei mir hatte. Sie neckten mich, aber im Grunde waren sie mittlerweile sehr stolz auf mich, das klügste Mädchen der Schule. „Lies nicht zu viel, sonst fängst du an zu schielen und wirst zu gescheit! Dann will dich kein Mann mehr!", drohte mein Bruder Toni. „Ich brauche keinen Mann. Ich will Lehrerin werden", entgegnete ich. Das war mein erklärtes Ziel. „Schau, Nannele", sagte Toni nun ernster. „Wer soll denn deine Ausbildung zur Lehrerin bezahlen? Das schlag dir nur aus dem Kopf." – „Nein!", rief ich wütend. Das wollte ich nicht hören.

Ich war eben anders. Das Lesen eines Buches – es war für mich jedes Mal ein unbeschreibliches Gefühl: Das Gefühl des Papiers auf den Fingerspitzen, die vielen Buchstaben, die sich zu Wörtern oder Sätzen vereinigen und schließlich eine Geschichte bilden, der Geruch der alten Bücher und die vielfältigen Inhalte – die Erlebnisse von so vielen Personen, und ich konnte sie alle miterleben, zu Hause oder auch auf der Alm!

Die Zeit in der dritten und vierten Klasse verging schnell. Ich half allen anderen, so gut ich konnte. Gleichzeitig lernte ich viel von den älteren Kindern. Meinen Altersgenossen war ich in den Schulfächern zwar weit überlegen, trotzdem erledigte ich artig die meinem Alter entsprechenden an mich gestellten Aufgaben. Zu Beginn der 4. Klasse erlebte ich außerdem einen Glücksfall: Ein entfernter Vetter des Dorfpfarrers, ein Rechtsanwalt, übersiedelte im Zuge des Faschismus von Bozen nach Wien. Da er seinen Haushalt auflöste, wusste er anfangs nicht, was er mit den vielen Büchern tun sollte, die er im Laufe der Jahre angesammelt hatte. Er wollte nur die schönsten Bände in seine neue Heimatstadt mitnehmen. Als er beim Abschiedsgespräch mit seinem Vetter darüber sprach, fiel ich dem Pfarrer ein. Er berichtete seinem Verwandten von dem außergewöhnlichen Mädchen und bat ihn um einige Bücher. Der Rechtsanwalt ließ ihm daraufhin über fünfzig Bücher bringen. Insgeheim freute sich der Pfarrer wohl auf meine Reaktion. Genau wie er angenommen hatte, blieb mir der Mund vor Staunen offen, als ich die neuen Schätze in der sonst eher kargen Bibliothek sah. „Darf ich die alle lesen?“, fragte ich. „Ja, Anna“, antwortete der geistliche Herr, „du wirst sicher das belesenste Mädchen des ganzen Dorfes werden!“ Von nun an lieh ich mir ein Buch nach dem anderen aus. Mein Großvater stand mir wie bisher zur Seite, wenn ich etwas nicht verstand. Kinderbücher waren zwar wenige dabei, aber dafür gab es viele klassische Werke: von Texten Goethes, Schillers und Lessings über altgriechische Sagen bis hin zu Werken Mörikes und Grillparzers verschlang ich jede Lektüre, die mir der Pfarrer bot. Er staunte über das unglaubliche Tempo, in dem ich seine neuen Bücher las.

Auch der Dorflehrer kam aus dem Staunen nicht mehr heraus. Da ich so viel las, wurde mein Wortschatz mit der Zeit immer ausgefeilter und gewählter. Schulaufsätze zu Themen wie „Ein schöner Sonntag“ oder „Mein liebstes Haustier“ waren zum Teil voll mit Eindrücken, die ich aus der ungewohnten Lektüre gewonnen hatte. Sprachlich immer einwandfrei, zeugten meine Aufsätze von einer Reife, die man dem 10-jährigen Schulmädchen mit den zwei Zöpfen äußerlich wohl kaum angesehen hätte.

Am Ende des vierten Schuljahres bekamen alle Schüler wie jedes Jahr ihre Zeugnisse. Auch ich bekam meines, wie üblich mit lauter guten Noten. Der Lehrer, der im nächsten Jahr in den Ruhestand treten würde, wünschte seinen Zöglingen viel Glück bei ihrem weiteren Werdegang. Mich bat er kurz zu sich. „Liebes Kind“, begann er, „eine Schülerin wie dich habe ich noch nie gehabt. Du hast ein sehr kluges Köpfchen. Lerne weiterhin fleißig und bleib artig.“

Inzwischen schrieben wir das Jahr 1921. Nun gehörte Südtirol bereits seit einiger Zeit nicht mehr zu Österreich, sondern zu Italien, in dem der Faschismus immer mehr Anhänger fand. In unserem kleinen Dorf bekamen wir nicht so viel davon mit, aber immer häufiger hörte man Schreckensmeldungen aus der Stadt. Die Faschisten wollten mit Gewalt erreichen, dass Südtirol völlig italienisch würde. Es wehte ein eisiger Wind in unserem Land.

*

Inzwischen ist tatsächlich ein Gewitter ausgebrochen. Der Himmel ist nachtschwarz und wird durch die grellen Blitze erhellt, gefolgt von dröhnendem Donner. Anna zuckt unwillkürlich zusammen. Die Erinnerungen an ihre Kindheit wühlen sie innerlich auf.

„Nun kannst du aber auf keinen Fall mehr nach Bozen fahren, Martina, ruf zu Hause an und sag, dass du heute bei mir schläfst!" Gerne gehorcht Martina, sie hat schon lange nicht mehr in dem gemütlichen Gästezimmer übernachtet. Es ist mit Holz getäfelt und sieht richtig urig aus. Die rot-weiß karierte Bettwäsche wirkt wie aus einem Magazin für Landhausmode. Richtig kuschelig ist es im Bett. Erschöpft schläft sie sofort ein.

Anna aber kann noch lange nicht schlafen. Der Druck der Erinnerungen lastet auf ihr.

Am nächsten Morgen, als Martina aufwacht, ist der Frühstückstisch bereits gedeckt. Ihre Großmutter ist schon beim Bäcker gewesen, um frische Brötchen zu besorgen. Dazu gibt es gelbe Butter und dunklen Waldhonig. Schon lange hat Martina nicht mehr so gut gefrühstückt.

„Und, meine Liebe, hast du gut geschlafen?" Anna empfängt ihre Enkelin freundlich. „Ja, das kann man wohl sagen, so gut wie lange nicht mehr! Ich bin sehr beeindruckt von deinen Erzählungen! Dass du eine gescheite Oma bist, war mir immer klar."

– „Jetzt übertreib nicht, du bist ja auch sehr begabt! Erinnerst du dich noch an deine eigene Schulzeit …?“

Martina öffnet das Fenster. Dann zündet sie sich eine Zigarette an und macht ein paar Züge. Schließlich erzählt sie:

„Hannes ist ja nur eineinhalb Jahre älter als ich, deshalb haben wir immer gemeinsam gespielt. Wir hatten den großen Vorteil, dass unsere Eltern uns von Anfang an sehr gefördert und unterstützt haben, ganz anders als deine. Wir hatten immer Unmengen von Büchern zur Verfügung und Mami hat uns immer Geschichten vorgelesen und mit uns darüber gesprochen.

In den Kindergarten bin ich sehr gerne gegangen. Ich habe mich dort wirklich wohl gefühlt, mit den vielen Kindern. Am allerliebsten war ich in der Bücherecke, da gab es wunderschöne Bücher mit bunten Bildern. Ich konnte auch schon vor der Schule lesen, ich habe es mit Hannes mitgelernt, als er seine Hausaufgaben machte. Ich habe viele Bücher gelesen, und da die anderen Kinder bald wussten, dass ich schon lesen kann, kamen sie oft zu mir und baten mich, ihnen vorzulesen. Ich lese für mein Leben gerne.“

Martina macht einen tiefen Zug. „Du rauchst zu viel“, schimpft Anna, „das kann ja nicht gesund sein!“ Martina zuckt lachend mit den Schultern, dann redet sie weiter:

„Meine ersten Grundschuljahre habe ich ebenfalls in sehr guter Erinnerung. Ich habe mich manchmal etwas gelangweilt, doch

als meine Lehrerin das bemerkte, gab sie mir Zusatzaufgaben, die mich ausfüllten.

Auch zu Hause lief es gut. Meine Eltern schrieben mich in einen Gymnastikkurs ein, den ich mit großer Freude besuchte. Ich lernte Gitarre spielen und wurde wirklich rundum gefördert, vielleicht sogar ein bisschen zu viel. Mit meinen Eltern gingen Hannes und ich oft ins Museum und ins Kindertheater. Das gefiel mir besonders gut – so konnte ich über das, was ich gerade las, mehr erfahren. Meine Eltern besorgten mir alle Bücher, die ich wünschte. Obwohl Papa als Arzt immer viel arbeiten musste, nahm er sich am Abend täglich etwas Zeit für uns. An den Wochenenden haben wir viel gemeinsam unternommen. Wir gingen Ski fahren, eislaufen und im Sommer wandern oder schwimmen. Besonders genossen habe ich unsere ausgedehnten Wanderungen – schon mit fünf habe ich das erste Mal unseren Schlern bestiegen! Du siehst, wir waren wirklich fast wie die Bilderbuchfamilien aus der Werbung, ich hatte großes Glück.

Konflikte gab es bei uns erst später, als ich mit vierzehn, fünfzehn meine eigenen Vorstellungen entwickelte. Da haben Mami und ich viel gestritten, erinnerst du dich?" Anna lacht. – „Auch jetzt, das mit meinem Studienjahr, sie ist nicht unbedingt begeistert davon. Aber sie versteht mich jetzt, wir haben ein gutes Verhältnis zueinander."

Martina hält inne und macht eine Pause. Der Rauch steigt langsam auf. „Deine Kindheit war so ganz anders als meine", unterbricht Anna die Stille. „Es gab überall in den Dörfern viele

Kinder und wenig Geld. Ich freue mich sehr für dich, dass du eine so schöne Kindheit hattest!" – „Ja, ich bin meinen Eltern wirklich dankbar für alles. Und wie du selbst sagst, unsere Kindheiten waren grundverschieden. Ich wurde von allen Seiten unterstützt, du hingegen musstest dir alles selbst erarbeiten. Zum Glück hattest du einen verständnisvollen Opa, der dir viel beigebracht hat." – „Ja, meinem Großvater selig habe ich wirklich sehr viel zu verdanken." – „Nun erzähl doch, Oma, wie ist es mit deiner Schulkarriere weitergegangen?" – „Ach, Kind, du solltest besser etwas unternehmen, als dich mit deiner alten Großmutter über uralte Zeiten zu unterhalten." – „Nein, Oma, es interessiert mich wirklich. Ich fühle mich wie in die alten Zeiten zurückversetzt. Bitte erzähl weiter!"

Anna blickt ihre Enkelin schweigend an. „Martina, jetzt kommt eines der dunkelsten Kapitel meines Lebens und ich hatte das alles gut verdrängt …"

Anna zögert kurz, dann beginnt sie zu erzählen …

*

In der fünften Klasse fühlte ich mich anfangs noch sehr wohl. Ich hatte einen neuen Lehrer, der mich etwas mehr förderte als der vorherige. Außerdem wurden uns anspruchsvollere Aufgaben gestellt, ich war also voll in meinem Element. Leider schlich sich trotz allem langsam, aber sicher wieder die alte Langeweile ein. Ich war wahrscheinlich einfach hoffnungslos unterfordert. Die damaligen Schulprogramme hatten für Kinder wie mich leider nichts zu bieten.

An einem Sonntag schlich ich mich nach der Messe zum Pfarrhaus. Als ich den Pfarrer um ein neues Buch bat, erlebte ich zunächst eine böse Überraschung. „Es tut mir leid, Anna“, seufzte der alte Herr, „ich habe keine Bücher mehr, die dich interessieren könnten. Die hast du alle schon gelesen.“ Hatte ich wirklich in diesen Jahren fast 50 Bücher gelesen? Ich konnte es kaum glauben. „Haben Sie wirklich keinen anderen Lesestoff für mich?“, fragte ich traurig. „Nur Lateinlehrbücher, und die werden dich wohl kaum interessieren“, antwortete der Pfarrer. Doch damit ließ ich mich nicht abspeisen. „Kann ich einmal eines sehen?“, bat ich. Der alte Pfarrer zögerte. Latein … was sollte ich denn damit wohl anfangen? Na ja, die Lust würde mir sicher bald vergehen. „Na schön, aber pass bitte gut auf die Bücher auf!“

So kam es, dass ich im Alter von zehn Jahren damit begann, Latein zu studieren. Eines der Bücher war so aufgebaut, dass links der deutsche und rechts der lateinische Text geschrieben stand und hinten im Buch war die Grammatik gut strukturiert aufgezeigt. Mir gefiel der Umgang mit den alten Texten. Viele Wörter kannte ich gar nicht im Deutschen, da musste wieder der Großvater helfen. Er erinnerte sich noch sehr gut an sein Lateinstudium und konnte mir bei meinen Übersetzungen oft helfen. Als er sah, wie eifrig ich bei der Sache war, fragte er mich eines Tages, ob ich nicht Klosterfrau werden möchte. Insgeheim dachte er wohl, dass ich so dem kargen

Leben einer Dienstmagd entgehen könnte. Vielleicht könnte ich in einem Kloster eher meinen Interessen nachgehen. Aber meine Antwort war klar und eindeutig: „Nein, Großvater, ich werde nie eine Nonne sein. Ich werde Lehrerin!" Da schaute mich der alte Mann traurig an. Die Lehrerausbildung war sehr teuer, viel zu teuer für uns. Wer würde für ein Mädchen so viel Geld ausgeben? Das zahlte sich wohl kaum aus, da es nach der Hochzeit kaum noch ihrem Beruf nachgehen könnte. Aber ich war ja noch sehr jung und er wollte mir meine Träume nicht verderben. Also schwieg er.

In die Kirche ging ich nun auch lieber, da ich die lateinischen Gebete und Sprüche immer besser verstand. Viele bezeichnen Latein heute als tote Sprache – für mich war sie sehr lebendig. Das Übersetzen war vollkommen neu für mich, endlich hatte ich etwas für mich gefunden. Zu Hause war man nicht sehr angetan von meinem neuen Zeitvertreib. Mittlerweile musste ich sehr viel mit anpacken. Rosa war schon längst im Dienst bei fremden Leuten, und auch mein Bruder Toni war bei einem Bauern untergebracht, ohne die Schule abgeschlossen zu haben. Ich arbeitete hart, aber abends durfte ich immer ein halbes Stündchen zu meinem Großvater. Er war über achtzig Jahre alt, fast so alt, wie ich es nun bin. Ich konnte mir trotzdem nicht vorstellen, dass es ihn eines Tages nicht mehr geben könnte.

So vergingen meine Schuljahre zwischen Putzen, Kochen und Lateinübungen. Inzwischen gab es einschneidende Veränderungen in unserem Land: Seit 1923 wurde in Südtirol stufenweise das Verbot des deutschen Unterrichts eingeführt: Für die Neuzugänge in die 1. Klasse gab es ausschließlich italienischen Unterricht. Nur mehr die höheren Klassen, die in deutscher Sprache angefangen hatten, durften weiterhin auf Deutsch unterrichtet werden. In einigen Gebieten Südtirols wie im Unterland war die deutsche Sprache sogar von einem Tag auf den anderen aus den Schulen verbannt worden.

Italienisch war bald die einzige Amtssprache, obwohl kaum jemand die Sprache verstand. Alle wichtigen Posten wurden mit Italienern besetzt. Es gab kaum noch deutsche Zeitungen.

In den höheren Klassen gab es fünf bis sechs Stunden in der Woche Italienischunterricht und am Ende jedes Schuljahres eine Italienischprüfung. Wir hatten eine Italienischlehrerin, die aus einer kleinen süditalienischen Stadt in unser Bergdorf versetzt worden war. Die Unterschiede zwischen ihr und uns Kindern hätten größer nicht sein können. Sie war aber eine junge freundliche Person, die wir trotz der politischen Stimmung sehr mochten. Ich war immer von Sprachen fasziniert und lernte die fremde Sprache schnell, auch da ich bereits Latein recht gut beherrschte. Wir Kinder bekamen bei uns im Dorf damals nicht viel von den politischen Wirren der Zeit mit. Zum Glück.

Im Mai 1925, ich war 13 Jahre alt, geschah in meiner Familie etwas Schreckliches, das mein Leben völlig durcheinanderbringen sollte.

Es war ein wunderschöner Frühlingstag. Überall auf den Wiesen blühten Himmelschlüssel, meine Lieblingsblumen. Auf den Bergen lag noch der letzte Schnee, doch die Natur kam immer mehr zum Vorschein, alles blühte und wuchs. Sepp und ich stiegen nach der Schule zu unserem Hof hinauf. In der Schule war es an diesem Tag besonders gut gegangen. Zum ersten Mal hatte der Lehrer mich gefragt, ob er einmal mit mir zusammen einen Lateintext übersetzen sollte. „Wer weiß“, hatte er gemeint, „vielleicht finden wir doch noch eine Möglichkeit, dich in die Schule zu schicken. Jetzt unter dem Faschismus brauchen wir dringend deutsche Lehrer. Es gibt auch die Möglichkeit, im Geheimen die deutschen Kinder zu unterrichten.“ Geheim oder nicht, das war mir egal. Ich war glückselig. Sollte mein größter Traum doch noch wahr werden?

Als wir das Haus betraten, wusste ich sofort, dass irgendetwas nicht stimmte. Instinktiv spürte ich so etwas wie Gefahr. Der erschrockene Blick meines Vaters, der im Zimmer neben Mutters Bett stand, bestätigte meine schlimmsten Befürchtungen. „Kinder, es sieht schlimm aus. Eure Mutter ist beim Fensterputzen vom Stuhl gefallen. Der Doktor ist schon unterwegs.“

Wir waren schockiert. Unsere Mutter? Die, die immer gesund gewesen war? Vater verließ nun den Raum und ging ungeduldig vor dem Haus hin und her, in der Hoffnung, dass der Doktor bald kommen würde. Sepp weinte und rannte zum Vater hinaus.

Ich ging gleich zu meiner Mutter. „Aber Mutter, was macht Ihr denn?“, fragte ich besorgt. So etwas wie Zärtlichkeiten hatte es zwischen uns nie gegeben, aber trotzdem empfand ich tiefe Zuneigung für sie. Ein Leben ohne sie war unvorstellbar für mich. Als ich sie ansah, befürchtete ich jedoch das Schlimmste. Sie hatte sich offensichtlich sehr schwer verletzt, sich einen offenen Oberschenkelbruch und eine schwere Schädelverletzung zugezogen, wie ich später erfuhr. Sie war ganz weiß im Gesicht, kleine Schweißperlen standen auf ihrer Stirn.

Wir hatten uns noch nie viel zu sagen gehabt, aber ihre letzten Worte galten mir. Sie lächelte sogar, als sie sagte: „Nannele, du bist anders als wir alle, so wie der Großvater. Bitte mach etwas aus dir, lass dich von diesen schlimmen Zeiten nicht drausbringen. Gib deine Träume nie auf!" Ich konnte kaum glauben, was ich da hörte, und wollte etwas entgegnen, doch da fiel mir ihr starrer Blick auf. Sie war tot.

*

Nun war ich Halbwaise. Wenn du jetzt aber denkst, dass der Tod meiner Mutter mich nicht besonders berührt hätte, da ich ja nie eine besonders innige Beziehung zu ihr aufgebaut hatte, täuschst du dich, mein Kind. Es war schrecklich, die erste Zeit ohne sie! Überall spürte man die Leere. Hier hing ihre Jacke, dort lag noch ein Kopftuch von ihr. Ihre Tasse in der Küche, ihre Pantoffeln, ihr leerer Platz. Meine Mutter hatte immer rund um die Uhr gearbeitet, und überall wurde ihr Fehlen bemerkbar. Ich weinte tagelang, auch meinen Geschwistern ging es nicht besser.

Und immer wieder schossen mir Bilder aus unserer gemeinsamen Vergangenheit durch den Kopf: Wie sie mir manchmal im Vorbeigehen übers Haar strich. Wie sie während der Hausarbeit leise sang. Oder wie sie mich vor dem Einschlafen zugedeckt hatte, als ich noch kleiner war. Die Mutter ist eben immer die Mutter.

Auch mein Vater litt unsäglich an diesem großen Verlust. Meine Eltern waren immer sehr praktische, arbeitsame Menschen gewesen, die nie besonders viel miteinander gesprochen hatten. Trotzdem fehlte sie ihm sehr. Er sah grau aus und alt und sprach kein überflüssiges Wort mit uns Kindern, nur das Nötigste. Er war damals 45 Jahre alt und Witwer mit sechs Kindern, er trug die ganze Last der Verantwortung auf seinen Schultern. Wäre nicht der Großvater gewesen, ich weiß nicht, wie wir diese erste Zeit nach Mutters Tod überstanden hätten. Er war nun die Seele der Familie und versuchte, uns mit aufmunternden Worten beizustehen. Oft ging ich abends zu ihm und weinte einfach still vor mich hin. Nicht einmal zum Lesen hatte ich noch Lust. Ich wollte nur bei ihm sein und weinen. Er ließ es zu, sagte nur wenig und streichelte ab und zu meinen Arm. „Nannele, Nannele, wir werden es schon schaffen", waren seine wenigen Worte. Er strahlte immer eine ungeheure Zuversicht aus. Aber trotzdem war es mir in diesen Momenten nicht möglich, ihm zu glauben.

Aber es sollte noch viel schlimmer kommen. Gleich nach Mutters Tod war Rosa zu uns gekommen. Sie hatte vorerst frei bekommen, um sich als älteste Tochter um uns zu kümmern. Doch dann wurde entschieden, dass sie nicht mehr zurück in den Dienst, sondern bei uns bleiben sollte. Mein Vater brauchte eine Stütze, und Rosa war mit ihren neunzehn Jahren schon erfahren im Haushalt. Ich war immer etwas klein und schmächtig und wäre dieser Aufgabe sicher noch nicht gewachsen gewesen. Nun stellte sich die Frage, was aus uns anderen werden sollte. Großvater wollte, dass wir alle zusammenbleiben sollten. Doch dass dies nur ein frommer Wunsch war, war ihm sicher auch selbst bewusst. Der Haushalt, der Hof, die Betreuung der alten Tante – eine war inzwischen schon verstorben – und des Großvaters, das alles war viel Arbeit. Aber wir hatten leider kaum Geld. Alle konnten langfristig sicher nicht auf dem Hof wohnen bleiben. Rosa war, obwohl sehr fleißig, überfordert.

Schon bald zeichnete sich unsere Zukunft ab. Zwei Wochen nach Mutters Tod kam eine entfernte Verwandte von ihr, die im Pustertal wohnte, auf Besuch. Sie hatte vom Unglück unserer Familie gehört und da sie keine Kinder hatte, erklärte sie sich dazu bereit, die kleine Maria bei sich aufzunehmen. Sie war die Jüngste unserer Familie, gerade zehn Jahre alt. Die Base hatte auch nur wenig Geld, hatte sich aber schon immer ein kleines Mädchen gewünscht. So war Marias Schicksal besiegelt: Sie sollte nicht in einem mutterlosen Haus aufwachsen.

Bald stand fest, dass noch eines der Kinder fortmusste. Vater war außerstande, sich um uns zu kümmern, er fing an zu trinken und war auf dem Hof nicht mehr so fleißig wie früher.

Rosa versuchte ihr Bestes, aber nie war ihm etwas recht, und sie war oft verzweifelt. Außerdem kümmerten sich meine Brüder nicht um das, was sie sagte. Es war schlimm. Da kam – zwei Monate nach Mutters Tod – einmal der Pfarrer zu uns herauf. Er sprach ein ernstes Wort mit unserem Vater. Ich hoffte inständig, dass die Lage sich dann bessern würde, aber leider war dies nicht der Fall.

Nach dem Gespräch wurde ich zu den beiden Männern gerufen. „Nannele", begann der Pfarrer, „du bist schon ein großes Mädchen. Du wirst sicher verstehen, dass es so nicht weitergehen kann." Ich war zuerst beruhigt, das klang gar nicht schlecht. Doch der Pfarrer fuhr fort: „Das Beste ist, wenn du irgendwo bei einem Bauern unterkommst. Ihr könnt nicht alle hierbleiben, das verstehst du bestimmt. Du bist schon dreizehn Jahre alt und kannst nun zu einem Bauern in Dienst gehen."

Ich war bestürzt. Weg von meinem Zuhause? Vom Großvater? Von meinen Erinnerungen an die Mutter? Doch der Pfarrer hatte Recht, das sah ich ein. Wir kamen kaum mehr über die Runden, da war ein Mensch weniger im Haus sicher eine Hilfe für alle. Tieftraurig willigte ich ein. Es wäre mir auch nichts anderes übrig geblieben.

*

Der Pfarrer hatte über einen Meraner Bekannten erfahren, dass ein großer Bauer aus einem Seitental bei Meran schon seit längerer Zeit auf der Suche nach einem jungen Mädchen war, das in Haus und Hof helfen sollte. Das war sehr weit fort, aber alle waren froh, einen scheinbar guten Posten für mich gefunden zu haben. Bald wurden Kontakte geknüpft und es wurde vereinbart, dass ich schon am Montag – vier Wochen nach Mutters Tod – bei ihm anfangen sollte.

Die letzten Tage sprachen wir nicht viel über die bevorstehende Trennung. Ich war ja auch alles andere als ein Einzelfall. Damals war es üblich, dass aus kinderreichen armen Familien einige Mädchen und Buben schon in so jungen Jahren und auch schon früher in den Dienst zu fremden Menschen geschickt wurden. Trotzdem, am Vorabend meines Fortgangs weinte ich bitterlich. Ich konnte es fast nicht glauben, dass ich nun wirklich wegmusste.

„Weine nicht, Nannele, du kannst uns bestimmt bald besuchen!“, versuchte mich mein Großvater leise zu trösten. Ich sah, dass auch er sich zusammenreißen musste, waren wir zwei doch die besten Freunde hier im Haus. Zum Abschied schenkte er mir das Märchenbuch, aus dem er mir früher immer vorgelesen hatte. „Großvater, mein lieber Großvater!“, schluchzte ich und hielt seinen Arm fest. Er streichelte geduldig mein Haar. „Sei recht brav und fleißig und gehorsam, du wirst sehen, es sind sicher gute Leute und du hast genug zu essen und ein feines Bett!“ Diese Worte habe ich nie vergessen. Leider hatten wir nicht die geringste Ahnung, zu welchen Leuten ich kommen würde. Oder zum Glück?

Am nächsten Tag musste ich sehr früh los. Ein Vetter meiner Mutter holte mich ab und half mir, mein kleines Bündel zu tragen. Nur meine wenigen Kleider waren darin und natürlich mein Märchen- und mein Kinderbuch. Ich verabschiedete mich von allen und ging los. Ich drehte mich nicht mehr um, sonst hätte ich das Fortgehen nicht ertragen. Ich wusste, dass alle weinten, sogar mein Vater. Mein Heimathaus wurde immer leerer.

Wir gingen zu Fuß nach Bozen und fuhren dann mit dem Zug nach Meran. Dort sollte mich ein Knecht des Bauern abholen. Den Vetter kannte ich kaum, ich hatte ihn nur ein paar Mal nach der Messe gesehen. Er hatte uns nicht oft besucht, sich aber doch bereiterklärt, zu helfen. Auf der Fahrt sprachen wir nicht viel. Mir kam alles wie ein böser Traum vor. Fast hoffte ich, in meinem Bett zu Hause wieder aufzuwachen. Aber leider war all das Wirklichkeit.

Als wir in Meran ankamen, wartete der Knecht schon auf uns. Wir verabschiedeten uns nur kurz. „Nannele, bleib brav!", sagte mein Verwandter noch, dann musste ich mit ansehen, wie mich auch der letzte bekannte Mensch verließ.

So stand ich nun einem völlig Fremden gegenüber. „I bin der Karl", stellte er sich vor. Er kam mir sehr alt vor, war aber tatsächlich nicht einmal 30. Er begleitete mich bis zum Hof. Wie früher allgemein üblich, gingen wir den weiten Weg zu Fuß. Da ich das gewohnt war, machte es mir nichts aus. Nach fast drei Stunden waren wir da. Es war nun schon Nachmittag und ich hatte noch nichts gegessen. Deshalb kam ich zuletzt nur sehr langsam voran. Karl wartete geduldig auf mich.

„Sind das nette Bauern?“, fragte ich ihn schüchtern. Ich bekam keine Antwort.

Das Bauernhaus war sehr groß und schön. Daneben war ein Stall mit vielen Kühen und Schweinen. Karl begleitete mich bis zur Haustür und ging dann wortlos fort. Zögernd stand ich da. Ich traute mich nicht recht, einzutreten. Da zischte eine Stimme aus dem Inneren heraus: „Steh nicht so deppert da, komm herein!“ Erschrocken gehorchte ich. Innen blinzelte ich, es war düster und ich konnte im ersten Moment nichts erkennen. Die Stimme zischte weiter: „Wie lange braucht ihr denn? Ich habe schon geglaubt, ihr kommt heute gar nicht mehr! Und was haben sie mir denn da geschickt – lass dich mal ansehen! Du bist ja nur eine halbe Portion! Ich brauche jemanden, der anpacken kann!“ Leise antwortete ich: „Ich kann schon anpacken!“ – „Das wirst du auch müssen, deshalb bist du ja da! Bis zum Abendessen kannst du in die Küche gehen und das Geschirr abwaschen.“

Das war die Begrüßung in meinem neuen „Zuhause“. Ich hörte ein paar Kinder lachen. Fast schlecht war mir vor Hunger, aber ich gehorchte und wusch das Geschirr in der Küche ab. Bald kam wieder die Bäuerin mit ihrer schrecklichen Stimme. „Du bist ja noch gar nicht fertig, was bist du denn für eine langsame

Person! Bei uns wird gearbeitet – wir brauchen keine ‚Loamsiader‘ (Schlafmützen)!“ Ich versuchte, schneller abzuwaschen, da geschah es – ein Teller fiel zu Boden und brach mitten entzwei. Und das an meinem ersten Tag. Die Bäuerin wurde so rot im Gesicht, dass ich glaubte, sie würde gleich platzen. Sie gab mir eine heftige Ohrfeige, schnappte nach Luft und sagte: „Du – tollpatschiges Mädchen – mein Teller – was glaubst du denn – du dumme Person …“ Ich traute mich nicht zu weinen, sondern stand einfach nur da. Da tauchte im Hintergrund ein Mann auf. Es war der Bauer. Leise sprach er, so leise, dass ich ihn kaum verstand. Er schien das Gegenteil seiner Frau zu sein, zumindest vom Temperament her. „Soso“, begann er, „am ersten Tag schon Sachen kaputt machen. Dafür geht sie aber ohne Essen ins Bett.“ Er schaute mich abschätzig an und verschwand wieder wie aus dem Nichts, aus dem er gekommen war. Nun musste ich wirklich weinen. „Bitte, ich habe solchen Hunger, ich habe heute noch nichts gegessen …“ – „Was?“ Die Bäuerin schnappte nach Luft. „Ja, glaubst du denn, wir haben dich geholt, dass du uns alles kaputt machst? So, nun mach weiter, und wehe dir, wenn du noch einmal etwas anstellst, dann hole ich die Rute!“ Wutschnaubend verließ sie den Raum. Ich war blass vor Angst. Rute? Wo war ich denn da hingeraten? Ich muss zur Verteidigung der Bäuerin vorwegnehmen, dass sie diese Drohung nie wahr gemacht hat. Aber ich hatte von da an riesige Angst vor ihr.

Nachdem ich auch noch den Fußboden gefegt und den Schweinen Futter gebracht hatte, musste ich bei der Zubereitung des Abendessens mithelfen. Die Bäuerin achtete mit Argusaugen darauf, dass ich ja keinen Krümel aß. Ich musste dann beim Essen neben den anderen sitzen, am untersten Ende des Tisches, nach dem Knecht und der alten Magd, bekam aber gar nichts. Ich war wieder den Tränen nahe, nutzte dann aber den Moment, um genau zu beobachten, wer hier alles wohnte.

Da waren zuerst der Bauer, dann die Bäuerin, daneben die alte Großmutter und ein alter Onkel. Es folgten insgesamt acht Kinder: fünf Buben und drei Mädchen. Alle waren sauber angezogen und saßen brav am Tisch. Sie schienen großen Respekt vor ihren Eltern zu haben. Der älteste Sohn war etwas älter als ich, die Mädchen alle viel jünger, das kleinste wird ungefähr drei Jahre alt gewesen sein. Deswegen brauchen die ein Mädchen hier, dachte ich. Die Buben verrichteten keine Hausarbeit, das wäre früher undenkbar gewesen. Und die Magd war wirklich sehr alt, fast wie eine Großmutter. Sie stand am untersten Ende der Rangordnung. Ein Leben lang hatte sie hier gearbeitet, nun durfte sie ihren Lebensabend hier verbringen. Deshalb sagte sie nie ein Wort und versuchte immer, noch möglichst viel zu leisten. Sie wurde von allen sehr abschätzig behandelt, auch von den Kindern. Nur ich stand noch unter ihr. Das kleinste Mädchen schaute immer wieder zu mir herüber, dann fragte es: „Wie heißt du denn?" Ich wusste nicht, ob ich das Schweigen unterbrechen durfte, dann antwortete ich leise: „Anna." – „Beim Essen wird nicht geredet!", zischte die Bäuerin. Doch das Mädchen ließ sich nicht beirren. „Warum kriegt die Anna nichts zu essen?", fragte es. „Weil sie ein ungeschickter Trampel ist, darum!“, antwortete die Bäuerin. Der älteste Sohn grinste hämisch.

Nach dem Rosenkranz gingen wir zu Bett. Mein Schlaflager verdiente diesen Namen eigentlich gar nicht, es war ein Strohlager im Zimmer der alten Magd. Auch ihre Schlafstätte war nicht viel besser. Ich war todunglücklich und die ersten Tränen flossen schon, als die Magd zu mir kam und leicht meine Hand tätschelte. „Bist schon sehr ungeschickt, Mädchen“, sagte sie und reichte mir ein kleines Stückchen Brot. Sie hatte es wohl unbemerkt versteckt und für mich beiseitegelegt.

Ich hatte furchtbares Heimweh. Nicht nur wegen der unsympathischen Bauersleute, die es einem wirklich nicht leicht machten, sich irgendwie heimisch zu fühlen. Der Tod meiner Mutter, die Trennung von der Familie, vom Großvater, all das war sehr schlimm für mich. Ich weinte mich auch später fast jeden Abend in den Schlaf. Mein einziger Trost war die alte Magd Hanne, ohne sie hätte ich das alles wahrscheinlich nicht überstanden. Sie sagte nicht viel, aber wenn ich weinte, spürte ich manchmal plötzlich ihre Hand, die langsam über meinen Kopf strich. „Es ist nicht leicht, Kind, es ist nicht leicht“, sagte sie dabei.

*

Am ersten Morgen wurde ich um fünf Uhr grob geweckt. „Aufstehen, Madl, es gibt zu tun!“

Die Bäuerin richtete in der Küche das Frühstück her, dann musste ich die Kinder wecken und den kleineren beim

Anziehen und Waschen helfen. Die Größeren gingen in die Schule, sie hatten über eine Stunde Fußweg vor sich. „Du brauchst nicht zur Schule zu gehen, vielleicht im nächsten Jahr, wenn die Kleinen gehen müssen. Dann kannst du sie begleiten.“, meinte die Bäuerin kühl. Ich war enttäuscht. Ich hatte gehofft, die Schule besuchen zu dürfen. Doch auch diese Hoffnung zerschlug sich. Tagsüber war ich rundum beschäftigt mit Waschen, Putzen, Küchenarbeit und Kinderhüten. Auch die Bäuerin arbeitete unentwegt, ebenso wie die anderen Hofbewohner. Nur die jüngsten Kinder hatten ein wenig freie Zeit zum Spielen.

Die Bäuerin war eine dicke, große Frau. Nie hörte ich ein freundliches Wort von ihr, auch nicht zu ihren eigenen Kindern. Sie redete auch nicht so, wie ich es von daheim gewohnt war, sondern zischte und spuckte die Wörter regelrecht heraus. „Nicht so langsam!“, „Nicht so wenig!“ und „Nicht so!“ waren die häufigsten Sätze, die ich von ihr zu hören bekam. Wenn mir wieder etwas hinunterfiel, bekam ich eine Ohrfeige, und immer wieder bekam ich zu hören, was ich doch für ein ungeschicktes Wesen sei und dass sie mich bald zurückschicken würde. Das war dann wieder eine kleine Hoffnung für mich, doch diese Drohung hat sie leider nie wahr gemacht.

Von der alten Magd Hanne erfuhr ich, dass sie schon hier war, seit sie ein junges Mädchen war. Sie hatte schon dem Bauern die Windeln gewechselt. Deshalb durfte sie auch bleiben. Sie hatte aber kein einfaches Leben und musste sich ständig von der jungen Bäuerin herumkommandieren lassen. Aber wohin sollte sie auch gehen? Die Altbäuerin hatte auch nicht viel zu melden, aber sie wurde zumindest respektvoll behandelt.

Die kleinen Mädchen waren eigentlich immer nett zu mir, weil sie gerne mit mir spielten, wenn ich auf sie aufpassen musste. Aber der älteste Sohn Martin benahm sich mir gegenüber ekelhaft. Nicht nur einmal geschah es, dass er irgendetwas anstellte und mir dann die Schuld in die Schuhe schob. Anfangs versuchte ich noch, die Taten zu leugnen, aber das vertrug die Bäuerin überhaupt nicht. „Was glaubst du denn, du dahergelaufenes Ding, du nennst meinen Sohn einen Lügner?" Nachdem ich dreimal ohne Essen zu Bett geschickt worden war, hatte ich gelernt, dass es besser war, einfach gar nichts zu sagen. Ich wurde zwar bestraft, aber nichts schien so schlimm zu sein, wie die Wahrheit mitzuteilen. Über ihren ältesten Sohn Martin ließ sie nichts kommen.

Den Sommer über musste ich oft auf die Alm gehen, um die Kühe zu hüten. Das tat ich gerne, da ich zumindest eine Zeitlang weit weg von diesen schrecklichen Leuten war. Anfangs hatte ich auf der Alm Angst, weil ich manchmal völlig einsam in der kleinen Almhütte übernachten musste. Außerdem fehlte mir Hanne. Aber bald schon genoss ich es, alleine hier zu sein. Endlich konnte ich einmal in Ruhe lesen. Unten im Hof war ich andauernd beschäftigt, deshalb hätte ich es nie geschafft, auch nur fünf Minuten zu lesen. Und abends gegen neun Uhr, als ich schlafen ging, war ich so müde, dass ich sofort einschlief. Aber hier heroben konnte ich am Abend so lange lesen, bis es dunkel war. Ich hatte zwar trotzdem großes Heimweh, aber beim Lesen hatte ich das Gefühl, meinem Großvater nahe zu sein. Ich dachte dann an ihn und hoffte, dass auch er in Gedanken bei mir war.

Im Herbst, als ich wieder auf dem Hof arbeiten musste, war die Situation kein bisschen besser als vorher. Die einzige Neuerung war die, dass ich nun zur Schule gehen durfte. „Was soll so ein dummes Ding wie du auch schon lernen", grunzte die Bäuerin. Sie war jedoch froh darüber, dass ich auf dem Hin- und Rückweg auf die jüngeren Kinder aufpassen konnte, da Martin nun nicht mehr die Schule besuchte.

Die untersten Klassen wurden auch hier nur mehr auf Italienisch unterrichtet. Es war wirklich eine sehr schlechte Stimmung in Südtirol, alles Deutsche wurde nach und nach verboten, Lehrer und Beamte wurden entlassen und Italiener nach Südtirol geholt, um diesen nunmehrigen Teil Italiens zu „italianisieren". Das hatte unter anderem zur Folge, dass aus dieser Zeit sehr viele Analphabeten stammen. Sie beherrschten die italienische Sprache nicht und mussten dennoch eine italienische Schule besuchen. So konnten viele Kinder dieser Zeit weder richtig Deutsch noch richtig Italienisch. Auch Ortsnamen und Wegweiser wurden in die italienische Sprache übersetzt. Die deutschen Ortsbezeichnungen wurden verboten, ebenso wie Bräuche, Trachten, Umzüge und deutsche Lieder. In den Meldeämtern wurden die deutschen Vornamen italianisiert, sogar auf den Grabsteinen mussten sie in italienischer Sprache angebracht werden. So wurde aus Josef Giuseppe und aus Luis Luigi.

Ich besuchte noch eine deutsche Klasse, mit sechs Italienischstunden pro Woche. Die meisten Kinder hassten die Italienischstunden, lebten wir doch in einer Zeit, in der es täglich Konflikte zwischen den Volksgruppen in Südtirol gab. Unser Italienischlehrer war sehr streng und hatte nicht die freundliche Ausstrahlung der Lehrerin aus meinem Heimatdorf, aber ich lernte alle Sprachen sehr gerne. Durch meine Vorkenntnisse in Italienisch und auch in Latein lernte ich diese Sprache sehr schnell. Ich war auch sonst bald die Klassenbeste, sehr zum Missfallen der anderen Kinder.

Am Hof durfte ich gemeinsam mit den Kindern die Hausaufgaben machen und ihnen dabei helfen. Besonders Hans unterstützte ich gerne. Er war nicht besonders schnell im Auffassen, aber sehr lernwillig, und zum ersten Mal konnte ich jemanden richtig unterrichten. Ich freute mich mit ihm, wenn er bestimmte Rechnungen endlich begriffen hatte, und übte mit ihm italienische Vokabeln. Seiner Mutter entging wohl nicht, dass ich eine sehr gute Schülerin war. Dass ihre tollpatschige Magd die Beste in der Klasse war, mochte sie nicht dulden. Sie gab mir immer mehr und mehr Arbeit, und so schaffte ich die Hausaufgaben nicht immer. Auch das Üben mit Hans wurde mehr und mehr zur Seltenheit.

Es geschah in dieser Zeit leider öfters, dass ich ohne Hausaufgaben in die Schule kam. Da schimpfte der Dorflehrer entsetzlich mit mir, stellte mich in die Ecke oder ließ mich sogar nachsitzen. Er hatte wohl wenig übrig für ein armes dürres Mädchen mit geflickten, schmutzigen Kleidern und Schwielen an den Händen. Auch die anderen Kinder mochten mich nicht. Es schien ihnen nicht zu gefallen, dass ein zugezogenes Kind, das auf einem Hof als Magd arbeitete, so gut in der Schule war. Ich bemühte mich anfangs intensiv darum, anerkannt zu werden, indem ich den anderen bei den Aufgaben half. Doch es nützte nichts, ich trug den Stempel einer unbeliebten Streberin und niemand wollte mit mir befreundet sein.

Zudem machten mich einige Kinder regelmäßig vor den anderen lächerlich. Kinder können böse und gemein sein. Einmal klebten sie mir einen Zettel auf den Rücken, ein andermal versteckten sie meine Hefte und manchmal kam es vor, dass meine Schultasche samt Inhalt auf den Boden geleert wurde, bevor der Lehrer kam. So musste ich in Windeseile alles wieder einpacken. Wenn ich es nicht schaffte, schimpfte mich der Lehrer aus. Die Buben, die hinter mir saßen, zogen immer wieder an meinen Zöpfen, und wenn ich mich beschwerte, warf der Lehrer eine Kreide nach mir. Ich schien ihn nicht zu interessieren.

Auf dem Hof wurde es auch immer schlimmer. Irgendwann fand die Bäuerin beim Aufräumen meine zwei Bücher. Ich hatte sie immer wie einen Schatz gehegt und unter meiner Matratze versteckt. „Bücher!“, schrie sie und trat mit meinen

Habseligkeiten in die Küche, in der ich gerade abspülte. „Bücher will sie lesen und ist doch nur ein armes ungeschicktes Ding!" Ich erschrak – meine Bücher waren mein Eigentum und gehörten nur mir! Vor Schreck ließ ich eine Tasse fallen, die in tausend Stücke zerbrach.

Da geschah es: Die Bäuerin sagte ausnahmsweise gar nichts und eilte mit meinen Büchern zum Holzherd. Eins, zwei, drei – da waren sie auch schon im Feuer und brannten lichterloh. Diesen Tag werde ich nie vergessen. Ich habe nicht einmal mehr geweint. Ich empfand nichts als Hass und Wut und Heimatlosigkeit. Da warf mir die Bäuerin ein Trockentuch ins Gesicht und befahl mir, mit der Arbeit weiterzumachen. Ich solle weniger lesen und dafür mehr arbeiten. Ich fühlte mich einem Abgrund nahe, aber darauf wurde keinerlei Rücksicht genommen. Ich musste arbeiten, meine Gefühlslage war allen egal. So war das damals.

In der Schule fand ich bald einen Verbündeten, mit dem ich niemals gerechnet hätte. Der Italienischlehrer, mit leeren Versprechungen aus seiner Heimat nach Südtirol gelockt, fand sich hier genauso wenig zurecht wie ich. Ihm, wie vielen anderen seiner Kollegen, war verheißen worden, dass wir uns alle freuen würden, endlich italienische Lehrer unter uns zu haben und die italienische Sprache und Kultur kennen zu lernen. Die Feindseligkeit der Menschen hatte ihn anfangs überrascht, dann hatte er sie irgendwo verstanden, aber es gab für ihn so schnell kein Zurück mehr. Hier verdiente er auch um einiges mehr als in seiner Heimat. Doch keines der Kinder schien sich für sein Fach zu interessieren.

Da kam ich ihm wahrscheinlich gerade zurecht, ein unscheinbares kleines Mädchen zwar, aber mit großer Begeisterung für alles Neue, so auch für die italienische Sprache. Ich konnte mich bereits auf einfache Weise in Italienisch unterhalten, und als er sah, dass ich gerne lernte, lieh er mir ein italienisches Kinderbuch. Ich lehnte es ab, da ich befürchtete, dass es den gleichen Weg nehmen würde wie meine anderen Bücher. Ich erklärte meinem Italienischlehrer mit einfachen Worten, dass die Bäuerin nicht duldete, dass ich lese. Ich sei zum Arbeiten zu ihr gekommen, nicht zum Vergnügen. Das schien er zu verstehen. Denn von nun an durfte ich in der Mittagszeit etwas früher in die Klasse gehen, um in dem Kinderbuch zu lesen. Es gefiel mir sehr gut und mein Italienisch wurde immer besser. Zwischen dem Lehrer und mir herrschte nun ein besseres Verhältnis – ich war seine einzige fleißige Schülerin und er der einzige Mensch, der mich beachtete. Als ich einmal andeutete, dass ich auch Latein könne, war er schwer beeindruckt.

Die intensive Lehrer-Schüler-Beziehung brachte mir indes noch mehr Feindseligkeiten ein. Mein Klassenlehrer behandelte mich noch strenger, da er seinen Kollegen gar nicht leiden konnte. Die deutschen Lehrer wurden in Südtirol damals von heute auf morgen nahezu abgeschafft, es war eine menschliche Tragödie.

Und die anderen Kinder verspotteten mich noch mehr als vorher, es war eine schlimme Zeit.

Ich freute mich trotz allem sehr auf das Weihnachtsfest, und insgeheim hoffte ich, endlich wieder für ein paar Tage nach Hause zu dürfen. Ich zählte die Tage und wunderte mich, warum nie über dieses Thema gesprochen wurde. Eine Woche vor dem großen Fest nahm ich all meinen Mut zusammen und fragte die Bäuerin, ob ich vielleicht nach Hause könne. Da sah sie mich zuerst komisch an, dann lachte sie lauthals und zischte schließlich: „Nach Hause – ja, wie möchte das Fräulein gerne reisen? Glaubst du denn, dass wir dir eine Heimfahrt zahlen? Deine Familie kann sich nichts leisten, das weißt du, da brauchst du gar nicht so dumm zu fragen. Nach Hause kommst du so bald nicht mehr."

Damit hatte ich auch in meinen schlimmsten Albträumen nicht gerechnet. Sollte dieses düstere Kapitel meines Lebens niemals enden? Von daheim kam nur selten Post, das war aber vielleicht auch besser so, sonst wäre mein Heimweh noch schlimmer geworden.

Weihnachten war für mich kaum zu ertragen. Dieses schöne Fest, das mir immer so lieb gewesen war, musste ich erstmals in einer fremden Familie feiern, die mich ständig spüren ließ, dass ich nicht dazugehörte. Als wir hinunter zur Christmette stapften, dachte ich: ‚Ich muss es schaffen! Nur nicht aufgeben! O Gott, hilf mir bitte!' In der überfüllten Kirche betete ich und hoffte inständig, dass meine Gebete erhört würden. Ich fühlte mich unendlich allein und traurig. Ich war eben noch ein Kind und weg von daheim, bei schlechten Menschen.

Ich weiß immer noch nicht, wie ich dieses Jahr überlebt habe. Bald nach Weihnachten wurde ich schwer krank, ich bekam hohes Fieber.

Wenn Hanne nicht gewesen wäre, wahrscheinlich würde ich nicht hier sitzen und dir das alles erzählen, liebe Martina.

Es wurde sogar schon überlegt, den Pfarrer zu holen, um mir die letzte Ölung zu geben, doch Hanne pflegte mich gesund. Es dauerte noch einige Zeit, bis ich wieder mitarbeiten konnte. Von da an schimpfte die Bäuerin ein bisschen weniger mit mir. Vielleicht hat ihr diese Episode doch zu denken gegeben.

*

Anna macht eine lange Pause. Sie starrt ins Leere. Martina respektiert ihr Schweigen und lässt sie eine Zeit lang in Ruhe. Dann hängt sie sich bei ihr ein und bricht das Schweigen: „Oma, das sind ja schreckliche Sachen, die du da erlebt hast. Warum hast du uns noch nie davon erzählt? Weiß Papa das alles?“

Anna lächelt. „Nein, ich habe das alles noch niemandem erzählt, weil ich immer der Meinung war, dass man nach vorne schauen soll und nie zurück. Aber jetzt … plötzlich verspüre ich das Bedürfnis, darüber zu sprechen. Außerdem bist du eine ausgezeichnete Zuhörerin und mir von allen Verwandten am ähnlichsten.“

Martina sieht ihre Großmutter bewundernd an. „Oma, wie du das überstanden hast, das kann ich mir wirklich nicht erklären. Zum Glück war zumindest die alte Hanne da! Was ist eigentlich aus ihr geworden? Hattest du später noch Kontakt zu ihr?“

„Nein, aber ich habe sie nie vergessen. Viele Jahre später habe ich erfahren, dass sie gestorben ist. Sie führte ein sehr schweres Leben, noch viel schwerer als meines. Bei mir hat sich ja Gott sei Dank alles noch zum Guten gewendet.“

Anna schweigt, dann wendet sie sich Martina zu: „Ich bin froh darüber, dass deine Kindheit besser verlaufen ist als meine. Du durftest spielen und Freunde treffen, zur Schule gehen, das Gymnasium besuchen, und jetzt – nun bist du schon Magistra, eine Jungakademikerin, die noch alles vor sich hat! Ich freue mich so für dich, mein Kind!“

„Danke, Oma. Jetzt setze ich erst mal meine Ausbildung fort.“ – „Ich glaube, dass du noch viel aus deinem Leben machen wirst!“ Martina lächelt. „Wir werden sehen. Aber nun zurück zu dir. Ich möchte noch mehr von deinem Leben erfahren. Wie ging es dann weiter? Bist du noch lange auf diesem Horrorhof geblieben?“

Und Anna erzählt weiter ...

*

Im Neuen Jahr ging ich nicht mehr zur Schule. Ich hatte durch meine Krankheit ein paar Wochen nicht am Unterricht teilgenommen und inzwischen war ich vierzehn Jahre alt geworden. Die Kinder gingen inzwischen ohne mich zur Schule. Ich war sehr traurig, die Vorstellung, nie mehr die Schulbank zu drücken, war befremdlich für mich. Aber da ich wieder tagtäglich fast ununterbrochen beschäftigt war, blieb mir nicht viel Zeit zum Traurigsein.

Den zweiten Sommer verbrachte ich wieder auf der Alm mit den Kühen, diesmal blieb ich fast drei Monate lang dort. Meist war nur eines der jüngeren Kinder bei mir, so ging es mir verhältnismäßig gut. Inmitten der Natur, fernab von den bösen Leuten, fühlte ich mich wieder freier. Der Italienischlehrer, der sich nach Abschluss des Schuljahres in die Stadt versetzen ließ, hatte mir einige Bücher überlassen, die ich an der Bäuerin vorbei auf die Alm geschmuggelt hatte. So las ich zufrieden die italienischen Kinderbücher und spielte mit dem Bauernkind.

Noch etwas geschah in diesem Sommer 1926: Ich wurde langsam ein junges Fräulein. Ich bekam endlich meine Periode, wurde größer, bekam einen kleinen, festen Busen und meine Gesichtszüge wurden erwachsener. Nach meiner Rückkehr im Herbst wurde mir bald bewusst, dass die Veränderung, die sich an mir vollzogen hatte, auch den anderen auffiel. Der Knecht Karl und der Bauer sahen mich plötzlich anders an.

Ich war nie eine besondere Schönheit, aber gut gewachsen und recht hübsch. Und für eine Vierzehnjährige war ich frühreif –

das Leben selbst, das erblühte Leben. Meine dunkelblonden Haare trug ich nun hochgesteckt, und mit meinen plötzlichen 1,65 m schaute ich gar auf manche Erwachsene hinunter.

Auch der Bäuerin entging meine äußerliche Veränderung nicht. Sie zwang mich, mein Haar straff aus dem Gesicht zu kämmen und gab mir formlose Kleidung, um meine Figur nicht zu betonen. Trotzdem, die Jugend ist niemals hässlich, und auch mit meiner grauen Kleidung und strengen Frisur wirkte ich wohl irgendwie weich und weiblich.

Leider schien auch Martin, der älteste Sohn der Familie, das zu bemerken. Mittlerweile war er fünfzehn. Er ärgerte mich so wie früher, aber körperbetonter. Immer wieder schlich er sich um mich herum, berührte mich wie zufällig am Arm oder zog mich an einer entschlüpften Haarlocke. Er schlug mich nie mehr und schubste mich auch nicht mehr wie früher.

Ich war in meinen Gefühlen hin und her gerissen. Die seltsamen Blicke der Männer, die unfreundliche Umgebung, in der ich mich befand, und dazu noch die plötzliche Freundlichkeit von Martin. Ich traute ihm nicht, zu oft hatte er mich behandelt wie den letzten Menschen auf Erden. „Geh ihm aus dem Weg, Mädchen", sagte Hanne oft, „geh ihm ja aus dem Weg. Er ist nicht gut für dich, schau doch, wie er dich ansieht!" Ich wusste, dass sie es gut mit mir meinte, und gehorchte. In der Religionsstunde war uns immer wieder gepredigt worden, tugendhaft und brav zu bleiben, und obwohl ich nun manchmal Gefühle hegte, die mir vorher völlig fremd gewesen waren, wollte ich genau das sein und bleiben. Ich spürte irgendwie, dass von Martin Unheil ausging.

In dieser Zeit bekam ich endlich wieder einen Brief von daheim. Ich freute mich sehr, als ich den Brief entgegennahm und öffnete ihn erst in meinem Zimmer. Vater hatte den Brief geschrieben. Darin stand die kurze und knappe Nachricht, dass mein Großvater gestorben war. Die anderen kurzen Belanglosigkeiten, die der Brief enthielt, konnte ich schon gar nicht mehr lesen.

Ich war wie benebelt. Großvater, mein Großvater? Tot? Auch er? Obwohl er schon fast neunzig Jahre alt gewesen war, hatte ich mir überhaupt nicht vorstellen können, dass er jemals sterben könnte. Immer wieder hatte ich mir ausgemalt, wie ich nach Hause kommen und mit ihm wie früher Geschichten lesen würde! Und nun, nun war er nicht mehr. Ich weinte den ganzen Tag lang. Auch am nächsten Tag fühlte ich mich hundeelend, aber leider wurde keine Rücksicht darauf genommen. Ich musste wie immer hart arbeiten. Innen aber breitete sich eine Leere in mir aus, die ich noch nie empfunden hatte. Wenn Großvater tot war, dann war ja alles nur mehr egal, worauf sollte ich mich nun freuen? Was sollte nun werden?

Ende November geschah es. Ich musste hinunter ins Dorf, um im Geschäft etwas für die Bäuerin abzuholen. Es war früher Abend im Spätherbst, aber trotzdem noch recht warm. Die Berge leuchteten und sahen aus wie gemalt. Ich ging mit dem Paket rasch den schmalen Waldweg wieder hinauf, da ich nicht zu spät kommen wollte. Ob das alles geplant war oder reiner Zufall, weiß ich bis heute nicht.

Ich trug in meinen Händen das schwere Paket und war ganz in meinen Gedanken versunken. Plötzlich stand er vor mir. Seine dunklen Augen blitzten. „Martin ...“, begann ich. Ich wollte etwas sagen, doch es ging nicht. Schon warf er mich zu Boden. Er fiel richtig über mich her. Er wollte mir wohl die Kleider ausziehen, zerriss schon meine Schürze, doch ich wehrte mich mit aller Kraft. Ich schrie und schlug auf ihn ein, doch er war viel stärker als ich. Er fasste mich grob am Busen an und küsste mich. Da nützte ich die Gelegenheit und stieß ihm mit aller Wucht mit dem Knie zwischen seine Beine. Er schrie laut auf, kniete zu Boden und ich – ich rannte, rannte, rannte. Rannte hinunter ins Tal, ich wusste selbst nicht wohin, nur weg, weg, weg. Weg von diesen Menschen, weg von diesem Tal, weg von diesem Hof, von der Bäuerin, vom Bauer, von Karl, und vor allem weg von Martin, der mich immer geärgert hatte, geschlagen hatte, geschubst hatte, gedemütigt hatte, getreten hatte, gezwickt hatte, und der nun glaubte, er könne mich einfach so nehmen, wie ein Stück Dreck, benutzen, ohne mich zu fragen, der glaubte, ich sei sein Eigentum! Nein, dachte ich, nein, nun reicht es, nun reicht es für immer, niemand wird mich jemals wieder so behandeln wie diese Leute, nun reicht es, ein für allemal!

Unter meinen Tränen lächelte ich plötzlich, niemals wieder würde ich hierher zurückkehren, niemals, es war vorbei, nun war es vorbei! Ich drehte mich um und bemerkte, dass er mich verfolgte, von weit hinten, doch ich war schon am Waldrand, da begann bereits das Dorf, und da gab er auf und lief zurück. Ich war frei!

Ich ging geradewegs in das Haus des Pfarrers. Alle Leute schauten mich komisch an mit meinem zerrissenen Kleid und meinen bloßen Schultern und meiner blutenden Nase. Es war mir egal, ich wollte weg von diesem schrecklichen Dorf, nur weg von hier. Als die Haushälterin des Pfarrers mir öffnete, sah sie mich entsetzt an und sagte, wenn ich zum Pfarrer wolle, müsse ich mich zuerst waschen. „Nein", sagte ich, „der Pfarrer soll sehen, was mir angetan wurde, er soll es nur sehen!" Ich wundere mich noch heute über mich und meinen Mut. Ich hätte ja auch zum Hof zurückgehen und so tun können, als ob nichts geschehen wäre und mich weiterhin so schlecht behandeln lassen, aber seit dem Tod meines Großvaters war ich – so komisch das klingen mag – innerlich stärker geworden. Nach der ersten Phase des Trauerns und der Tränen dachte ich immer wieder daran, dass er mich vielleicht vom Himmel aus sah und mir zuschaute, und das gab mir ungeheure Kraft. Er war bei mir und beschützte mich und würde mir helfen, davon war ich damals überzeugt.

Der Pfarrer ließ mich ein und sah mit einem Blick, was geschehen war. „Wer war das?", fragte er tonlos. „Der Martin", antwortete ich. „Ist dir etwas geschehen?", fragte er langsam, wahrscheinlich wusste er nicht so recht, wie er sich ausdrücken sollte. „Nein“, erwiderte ich. „Gut“, antwortete er, sichtlich erleichtert. „Ich gehe nie mehr zurück“, hörte ich mich sagen. „Nie mehr.“ „Nein“, meinte er, „besser nicht.“

Dann überschlugen sich die Ereignisse. Ich durfte eine Nacht im Pfarrhaus schlafen, dann wurde ich aus dem Dorf gebracht. Zuvor schauten noch die Carabinieri bei mir vorbei und ich musste ihnen genau erzählen, was geschehen war. Doch als sie eine Gegenüberstellung wünschten, sagte ich, nein, keine Anzeige, ich wolle nur weg von hier. Sie holten meine wenigen Sachen vom Bauernhof, meine wenigen Kleider, doch meine guten Italienischkenntnisse und dazu die italienischen Kinderbücher, die unter meinen Sachen waren, schienen zu wirken, denn sie kamen mit einer kleinen finanziellen Entschädigung und einem ausgezeichneten, auf Italienisch abgefassten Dienstzeugnis zurück. Der Pfarrer organisierte meine Heimfahrt, ich brauchte mich um nichts zu kümmern.

Martin wurde ein paar Tage später im Wald überfallen und krankenhausreif geschlagen, man weiß nicht, von wem. Ich habe nie mehr etwas von ihm oder seiner Familie gehört.

*

Meine Rückkehr in mein Heimatdorf empfand ich wieder wie einen Traum. Vor der Heimfahrt kaufte ich mir in Meran ein paar neue Kleider, niemand sollte sehen, wie schlecht ich es getroffen hatte. Die Entschädigung, die ich erhalten hatte, reichte auch locker für die Zugfahrt bis nach Bozen und für ein paar neue Bücher.

Ich ging dann zu Fuß in mein Dorf hinauf. Autos gab es ja nur sehr wenige, es gab noch nicht einmal eine richtige Straße hier herauf, die wurde erst in den fünfziger Jahren gebaut. Als ich dann endlich im Dorf ankam, galt mein erster Besuch dem Pfarrer. Das Pfarrhaus neben der Kirche, unter dem Schlern – wieder einmal genoss ich ganz intensiv die Schönheit unserer Landschaft, meiner Heimat. Am Dorfbrunnen trank ich etwas Wasser, es war noch recht warm für diese Jahreszeit, ein schöner Spätherbst.

Dann begab ich mich zum Pfarrhaus, klopfte und wartete. Eine neue „Häuserin", wie wir die Pfarrhaushälterin nannten, öffnete mir und fragte, was ich wolle. „Ich möchte mit dem Pfarrer sprechen", sagte ich höflich, aber bestimmt. „Jetzt ist aber keine Sprechstunde." – „Es ist aber wichtig."

Die neuen Kleider schienen sie zu überzeugen und sie ließ mich ein. Sie führte mich in das helle Wohnzimmer und ließ mich dort warten. Nach ein paar Minuten erschien der Pfarrer. Er erkannte mich zuerst gar nicht. „Ja, bitte?", begann er ein bisschen überrascht. „Kennen Sie mich nicht mehr, Herr Pfarrer?", fragte ich und lächelte. Er sah mich lange an, dann schien er sich doch an mich zu erinnern: „Nannele? Bist du das?" Ich freute mich, dass er mich doch noch nicht vergessen hatte, und er gab mir freundlich die Hand. Er fragte mich, warum ich hier sei, und ich antwortete, dass mein Dienst nun beendet wäre und ich einen neuen suchte. „Aber diesmal will ich nicht mehr in so ein winziges Dorf, haben Sie vielleicht etwas in der Stadt für mich?“ Das war nämlich mein neuer Plan: In der Stadt gab es gewiss kein Haus, das so weitab vom Dorf und von Büchern war. Außerdem wollte ich bei vornehmeren Menschen arbeiten. Nie wieder sollte mich jemand so schlecht behandeln, und in meiner Naivität war ich mir sicher, dass vornehme Menschen auch höfliche und freundliche Menschen wären.

Der Pfarrer versprach, sich bei seinem nächsten Besuch in Bozen umzuhören. Dann wurde er ernst. „Bei euch zu Hause sieht es nicht mehr so gut aus“, sagte er leise, „es ist wichtig, dass du es weißt. Dein Vater trinkt viel zu viel und mit dem Hof geht es abwärts. Nur mehr die Rosa und der kleine Franz sind bei ihm. Die Rosa, diese arme Haut. Ohne sie wäre er verloren, aber sie opfert sich auf für ihn.“

Traurig stieg ich den steilen Weg zu meinem Heimathaus hinauf. Ich hatte gehofft, auch meine anderen Geschwister in die Arme schließen zu können, aber nun waren sie in alle Winde verstreut. Hoffentlich hatten sie es besser getroffen als ich. Ich war fest entschlossen, niemandem von meinen schlechten Erfahrungen zu erzählen. Was sollte das auch bringen? Ich hatte mir geschworen, mich nie mehr unterkriegen zu lassen, nie mehr. Für meine vierzehn Jahre war ich sehr reif und stark.

Zu Hause waren alle überrascht über meine Rückkehr. Auch meine eigene Familie hatte im ersten Moment Schwierigkeiten, mich zu erkennen. Zuerst dachten sie, ich hätte mich nicht gut benommen und sei deshalb nach Hause geschickt worden. Doch dann zeigte ich mein Zeugnis, so wurde mir geglaubt. Das Geld gab ich meiner Schwester Rosa, dort war es wahrscheinlich besser aufgehoben als bei meinem Vater. Er freute sich, dass ich wieder da war, gab mir aber bald unmissverständlich zu verstehen, dass ich mir eine neue Arbeit und Unterkunft suchen müsste.

Zu Hause sah alles sehr verwahrlost aus. Viele Dinge waren kaputt und wurden nicht mehr repariert. Mein Vater und Rosa versuchten mir seinen Zustand zu verheimlichen und ich tat so, als ob ich es nicht bemerkte. So versuchten wir gegenseitig, unsere Geheimnisse voreinander zu verbergen.

Ich verbrachte diese Tage auf sehr ruhige Weise. Ich las viel und half meiner Schwester im Haushalt, wo ich nur konnte, und sie staunte, wie viel ich im Haushalt gelernt hatte. Etwas hatte mein Aufenthalt in der Fremde also doch gebracht. Ich ging mit ihr abends spazieren und sonntags gingen wir alle zusammen in die Kirche. Manchmal saß ich abends in Großvaters Zimmer, betrachtete die alten Möbel und dachte an unsere gemeinsame Zeit. Leer war es ohne ihn, alles war nun so anders. Mutter war tot, Großvater war tot, drei Geschwister waren fort, so vieles hatte sich verändert. Ich wollte nicht lange hier bleiben, hier war nicht länger mein

Zuhause. Fast täglich besuchte ich Mutter und Großvater auf dem Friedhof und legte ihnen ein paar späte Herbstblumen aufs Grab.

Schon nach zehn Tagen hatte der Pfarrer gute Neuigkeiten für mich. Da er wusste, dass ich oft auf dem Friedhof anzutreffen war, passte er mich dort ab. „Nannele“, rief er, „ich habe eine Nachricht für dich. In der Stadt suchen sie ein Dienstmädchen in einem guten Haus, du kannst im neuen Jahr anfangen.“ Ich war hocherfreut. In einem „guten Haus“ würde wohl niemand etwas dagegen haben, wenn ich abends manchmal lese, dachte ich. Und niemand würde mich schlecht behandeln.

Und so war mein weiteres Schicksal besiegelt. Ich lief fast nach Hause, um die Neuigkeit zu erzählen, und die anderen freuten sich mit mir, wenn sie auch etwas enttäuscht waren, dass ich schon bald wieder fort musste. Aber zumindest das Weihnachtsfest konnte ich endlich wieder im Kreise meiner Familie feiern.

Am Abend vor meiner Abreise kam Rosa noch kurz zu mir. „Nannele, es war sehr schlimm bei deiner Arbeit, gell?“, fragte sie leise und legte mir beschützend den Arm um die Schulter. Ich war sehr erstaunt. „Warum weißt du …?“, fragte ich sie, doch sie schüttelte nur abwehrend den Kopf. „Ich kenne dich ja schon immer, da merkt man so etwas. Aber du wirst sehen, in der Stadt, da ist es besser, da gehörst du hin. Du warst ja immer schon ein kluges Köpfchen, du wirst noch eine feine Dame." Ich musste lachen. „Ich gehe als Dienstmädchen dorthin, nicht als Dame", erwiderte ich. „Und Nannele …", begann sie zögerlich. „Was ist?", fragte ich. „Du bist so … so hübsch geworden. Die Männer drehen sich nach dir um, das habe ich im Dorf beobachtet. Bitte pass gut auf dich auf, ja?" Ich nickte. Sie umarmte mich und wünschte mir eine gute Nacht.

Vieles lag noch vor mir, von dem ich damals noch nichts ahnte. Schöne Stunden, so schön, dass ich heute noch lächle, wenn ich nur daran denke. Und auch schwere Stunden, aber so ist eben das Leben.

*

Martina sieht ihre Großmutter aufmunternd an, doch diese hat nun offenbar keine Lust mehr, weiterzuerzählen. Es ist schon früher Nachmittag und die beiden haben noch nichts gegessen. Martina merkt, dass ihr der Magen knurrt. Anna lacht.

„So viel habe ich erzählt und darüber fast vergessen, dass wir ja auch etwas essen müssen!" Gemeinsam gehen die beiden Frauen in die Küche, um etwas zuzubereiten. Anna nimmt ein paar Speckknödel aus dem Tiefkühlfach. Sie bereitet immer viele Knödel auf einmal zu und kann so einige einfrieren und bei Bedarf verwenden. Sie gibt sie in kochendes Salzwasser und reduziert die Hitze am Herd – Knödel müssen langsam ziehen, nicht kochen. Dann dreht sie sich zu ihrer Enkelin um. „Jaja, so war

das früher", durchbricht sie das Schweigen, „wir mussten eben arbeiten, auch wenn wir sehr jung waren, da führte kein Weg daran vorbei. Du hast noch nie gearbeitet, nicht wahr?"

„Ganz stimmt das nicht", erwidert Martina, während sie den Tisch deckt. „Ich habe immer schon Nachhilfestunden gegeben und Hausaufgabenbetreuung angeboten. Das ist eine sehr schöne Beschäftigung - es ist faszinierend, wie lernfähig die Kinder sind." – „Ich habe auch sehr gerne unterrichtet", sagt Anna, während sie die Knödel in die Teller schöpft und das Maggi dazustellt. „Du hast unterrichtet, Oma?", fragt Martina verwundert. „Wann denn? Das ist mir ganz neu." – „Das erzähle ich dir später, meine Liebe, jetzt wird erst mal gegessen."

Die beiden genießen ihre Knödelsuppe. Annas Speckknödel sind in der ganzen Familie beliebt und sie freut sich, wenn es den anderen schmeckt. Nach dem Essen räumen sie zusammen die Spülmaschine ein. Dann begibt sich Anna in ihr Zimmer, um sich auszuruhen. Martina hat vorgeschlagen, dass sie noch eine Nacht bleibt, weil sie sehr neugierig auf Annas Erzählungen ist. Sie ist gerne wieder einmal bei ihrer Oma, vor allem jetzt, wo sie sie bald für sehr lange Zeit nicht mehr sehen wird. Martina sitzt auf der Ofenbank und blättert im Roman, den Anna bereits zu lesen begonnen hatte.

Eine Stunde später erscheint Anna wieder in der Stube. „Oma, hast du dich gut ausgeruht? Dann kannst du mir ja wieder weitererzählen aus deinem Leben! Ich bin schon so gespannt!"

Anna ist gerührt über das Interesse ihrer Enkelin. Sie wird sie vermissen. Anna hält ihre Hand und drückt sie fest. Dann fährt sie in ihren Erinnerungen fort.

*

Die Familie von Goldegg lebte in einem wunderschönen Haus im Herzen von Bozen. „Haus" ist eigentlich nicht die richtige Bezeichnung, es war schon eher eine Villa. Weiß und groß und geräumig und sehr gepflegt. Was Herr von Goldegg genau beruflich machte, habe ich nie ganz verstanden. Er verkehrte mit Banken und Versicherungen und war sehr viel unterwegs. Er war sehr reich und seine Frau musste gar nichts tun. Sie hatte viel Besuch und machte wiederum viele Besuche bei Bekannten. Obwohl sie keine eigentlichen Pflichten hatte, wirkte sie immer sehr beschäftigt. Die Familie zählte zu den reichsten und ältesten von Bozen. Wie der Pfarrer es geschafft hatte, mir ausgerechnet in diesem Haus eine Stelle als Dienstmädchen zu verschaffen, ist mir bis heute unerklärlich. Wahrscheinlich hatte ich einfach Glück und es war gerade etwas frei.

Als ich kurz nach Neujahr 1927 das vornehme Haus durch den Hintereingang betrat, begleitet von einem Bekannten des Pfarrers, der mir den Weg gezeigt hatte, war ich überwältigt von der Schönheit und dem Reichtum. Noch nie hatte ich so etwas gesehen, auch nicht in meinen kühnsten Träumen. Kronleuchter und Teppiche und Tapeten aus den feinsten Stoffen und hohe Türen und so viele Fenster. Und Dienstboten, ein halbes Regiment. Es gab eine Hausdame, Frau von Pegger, die nur Hochdeutsch sprach, und noch drei Dienstmädchen und einen Koch, eine Küchenhilfe, einen Hausdiener und einen Gärtner. Wie sich bald herausstellte, war es auch gar nicht sicher, ob sie mich überhaupt nehmen würden.

Der Bekannte verabschiedete sich, sobald Frau von Pegger erschien. Er fühlte sich sichtlich unwohl in diesem Ambiente. Er hatte seine Pflicht getan, grüßte kurz und ging. Ich stand einer älteren Dame gegenüber, die mich sehr prüfend von Kopf bis Fuß ansah. „Tritt näher", forderte sie mich auf, und ich ging auf sie zu. Ich wollte ihr die Hand geben, doch die lehnte sie mit einem indignierten Blick ab. „Dienstboten reichen keine Hand", klärte sie mich mit hoher Stimme auf. „Ich weiß auch noch gar nicht, ob wir dich überhaupt brauchen können. Wo hast du bisher Dienst geleistet?" In meinen neuen Kleidern, die ich in Meran gekauft hatte, machte ich gar keine so schlechte Figur, aber meine Antwort schien doch nicht das zu sein, was Frau von Pegger sich erhofft hatte. „Ich war bei einer Familie auf einem Bauernhof, fast zwei Jahre lang. Hier ist das Zeugnis." – „Wie bitte? Auf einem Bauernhof? Also … auf dem Lande? Und da glaubst du, dass du jetzt in diesem Hause Dienst leisten kannst?" Sie schien sehr erstaunt zu sein, doch ich ließ mich nicht beirren. Ich wollte unbedingt an diesem märchenhaften Ort bleiben. „Ja", antwortete ich, „das möchte ich gerne. Ich bin sehr fleißig und kann alles lernen." Sie rümpfte etwas die Nase, aber meine Antwort schien sie doch zu überraschen. Sie musterte mich von oben bis unten, dann sagte sie in sachlichem Ton: „Anna Pircher, du kannst zwei Wochen zur Probe bleiben. Wenn du versagst, musst du gehen, andernfalls darfst du bleiben!“ – „Danke!“, antwortete ich und freute mich riesig. Schade, dass meine Mutter und mein Großvater nicht sehen konnten, in welch wunderschönem Haus ich nun arbeiten durfte. Aber vielleicht sahen sie es doch? In meiner Vorstellung war alles möglich.

Ich bekam ein Bett im Zimmer der anderen drei Dienstmädchen zugewiesen. Diese waren um einiges älter als ich, meistens mürrisch, aber an ihren freien Tagen sehr lebendig. Zwei von ihnen kamen aus Bozen und waren Anfang zwanzig, die dritte kam aus Innsbruck und war schon etwa fünfundzwanzig Jahre alt. Alle waren unverheiratet und sprachen in jeder freien Minute über Männer. Da ich noch so jung war, glaubten sie wahrscheinlich, dass mich dieses Thema sicher noch nicht interessierte. Außerdem wollten sie neben „dem Kind“ nicht offen über ihre jeweiligen Beziehungen sprechen, so hatten wir uns nur wenig zu sagen. Doch aus ihren im Flüsterton erzählten Schilderungen lernte ich sehr viel. Sie waren nie besonders freundlich zu mir, aber auch nicht unfreundlich, und für mich mit meinen bisherigen schlechten Erfahrungen auf dem Bauernhof reichte das vollends aus. Maria, die Älteste, sollte mich unter ihre Fittiche nehmen. Sie zeigte mir meinen Arbeitsbereich und lehrte mich sehr viel. Mit Frau von Pegger hatte ich dann kaum noch etwas zu tun, sie als Hausdame fühlte sich nicht für mich zuständig, sondern unterhielt sich höchstens mit Maria über meine Arbeit.

Ich musste vor allem Staub wischen. Du kannst dir gar nicht vorstellen, wie viel Staub es in so einem riesigen Haus gibt. Möbel, Fenstersimse, und vor allem die vielen Statuen und Figuren, die die Familie überall aufgestellt hatte. Ich wischte und wischte und wischte, und am nächsten Tag war wieder Staub da. Vor allem im Winter, wegen der in diesem vornehmen Haus beheizten Räume. Zu Hause war ich es gewohnt gewesen, dass nur die Küche und die Stube mit einem Ofen geheizt wurden, hier aber war fast das ganze Haus wohlig warm.

Ansonsten musste ich die Böden fegen, Teppiche reinigen, Betten machen und Blumen gießen. Ich bekam ein schwarzes Kleid und ein weißes Schürzchen und musste meine Haare hochstecken. Außerdem musste ich immer sauber aussehen, so dass ich oft badete.

Als ich nach drei Wochen noch nichts gehört hatte, fragte ich einmal schüchtern Maria, wie lange die Probezeit noch dauern würde. „Alles in Ordnung, du kannst bleiben", lautete die knappe Antwort, doch ich war selig. Du kannst mir glauben, ich fühlte mich wie im Paradies! Diese schönen Kleider, die ich tragen durfte, die vergleichsweise leichte Arbeit und erst die Arbeitszeit! Jeden Abend um halb acht bekamen wir unser Abendessen, dann hatten wir frei. Morgens mussten wir erst um sechs Uhr anfangen, so hatte ich am Abend immer noch ein, zwei Stunden übrig für meine Lektüre. Die anderen Mädchen neckten mich, ein lesendes Dienstmädchen, wer hatte so etwas schon gesehen? Doch ich denke, sie hatten irgendwie auch Respekt vor mir.

Herr und Frau von Goldegg hatten wahrscheinlich noch gar nicht bemerkt, dass ich jetzt auch im Haus war. Die wenigen Male, die ich ihnen auf der Stiege begegnete, während ich abstaubte, nahmen sie mich kaum wahr. Mir war beigebracht worden, mit einem Knicks geräuschlos zu grüßen, wenn sie vorbeikamen, aber sie schienen mich gar nicht zu registrieren. Auch vor Frau von Pegger benahm ich mich auf dieselbe Weise. Ich wollte unbedingt, dass ich hier bleiben konnte, deshalb wollte ich mich mit ihr gut stellen. Auch sie beachtete mich kaum, nur manchmal fuhr sie mit ihrem rechten Zeigefinger über eine Stelle, rümpfte die Nase und sagte mit gerunzelter Stirn: „Genauer, Mädchen, bitte etwas genauer!“ Jedes Mal nickte ich und versuchte, noch sauberer zu wischen – wenn sie nur zufrieden war. Alles war mir recht, nur nie mehr an so einen grässlichen Ort wie vorher!

Eines Tages Anfang April war großer Aufruhr im Hause von Goldegg. Peter, der einzige Sohn des Hauses, sollte über die Osterferien für einige Tage vom Gymnasium in Brixen nach Hause kommen. Er besuchte dort eine katholische Oberschule und wohnte im schuleigenen Internat, das bereits sein Vater besucht hatte. Sein Zimmer wurde blitzblank gewienert und alles schön sauber abgestaubt. Diese wichtige Aufgabe durfte nicht ich als Neuling übernehmen, vielmehr richtete Maria höchstpersönlich das Zimmer des jungen Herrn her. Ich war nicht besonders aufgeregt. Da ich immer von einem jungen

Herren hörte, erwartete ich mir einen jungen Mann in Marias Alter. Absolut uninteressant.

Doch da hatte ich mich wohl getäuscht.

Diesen Tag werde ich nie vergessen: 14. April 1927, Gründonnerstag. Ich stand auf wie gewohnt, trank meine Milch, aß ein Schwarzbrot und machte mich dann an die übliche Arbeit. Bald darauf kam Maria und sagte, heute würde der junge Herr endlich kommen. Eine willkommene Abwechslung war das, alle waren aufgeregt. Seine Eltern erwarteten ihn im Salon. Frau von Pegger wartete vor dem Haus. Ich spähte aus einem Fenster im ersten Stock hinunter in den Hof. Und bald darauf kam er … ein dunkles Automobil brachte ihn her, direkt vor die Haustüre. Er stieg aus und blieb kurz stehen, dann trat er zum Haus. Er war sehr groß, das nahm ich aus der Entfernung wahr. Unauffällig schaute ich ihn an, und da bemerkte ich, dass der „junge Herr" höchstens siebzehn Jahre alt war. Und … er gefiel mir auf Anhieb. Er hatte fast schwarze Haare und blaue Augen. Er war schlank und trug dunkle Kleidung und wirkte sehr vornehm, aber doch irgendwie wie ein kleiner Junge. Ich starrte ihn jetzt richtig an und er schien es zu bemerken, denn er schaute kurz herauf und unsere Blicke trafen sich. Die blauen Augen nahmen mich wahr und blieben kurz an mir haften. Ich spürte, wie ich errötete, konnte jedoch nicht den Blick von ihm abwenden. Er blieb einen Augenblick zögernd stehen, dann ging er weiter und trat ins Haus. Und in diesem Augenblick geschah etwas völlig Neues für mich, was mir noch viele schlaflose Nächte bereiten sollte: Ich hatte mich verliebt, das erste Mal im Leben war ich verliebt.

Rosarote Wolken, bunte Blumenwiesen, rote Rosen – alle diese Bilder und noch viel mehr waren in mir, dazu dieses komische Kribbeln in meinem Bauch – es war hoffnungslos um mich geschehen.

*

In der kurzen Zeit, die Peter im Hause verbrachte, bekam ich ihn leider nur sehr selten zu Gesicht. Meistens verbrachte er die Zeit außer Haus oder er hielt sich in seinem Zimmer auf, zu dem ich keinen Zugang hatte. Trotzdem war er der Mittelpunkt meiner Gedanken: Jeden Abend vor dem Schlafengehen dachte ich nur an ihn, und der erste Gedanke beim Aufwachen galt ihm. Ich war das erste Mal verliebt und konnte meine Gefühle anfangs gar nicht so richtig einordnen, es war einfach unbeschreiblich. Schön und grausam, da ich ja nicht mit ihm sprechen, ihn ansehen, angreifen durfte. Aber er war ständig da, in meinem Herzen.

Leider blieb Peter von Goldegg nicht lange zu Hause. Schon nach einer Woche sollte er sein Elternhaus wieder verlassen, um in sein Schülerheim in Brixen zu ziehen – ich sollte ihn also für sehr lange Zeit nicht mehr sehen.

Als er wieder abgereist war, weinte ich einige Abende hintereinander in mein Kissen. Nicht einmal meine Bücher konnten mich ablenken. Ich war eben jung, knapp fünfzehn Jahre alt, und sehr traurig, dass er nun auf unbestimmte Zeit wieder weg war. Die anderen Dienstmädchen kannten sich mit mir gar nicht mehr aus. Ich, ansonsten ruhig und besonnen, fleißig und brav, war kaum wiederzuerkennen. Aber sie waren nicht dumm und vermuteten eine erste Liebschaft hinter meinen plötzlichen Ausbrüchen. Sie wollten auch unbedingt wissen, wer denn mein vermeintlicher Liebhaber sei, aber ich verweigerte jede Auskunft. Das brauchte nun wirklich niemand zu wissen. Um mich abzulenken, nahmen sie mich an den Sonntagnachmittagen bei ihren Ausflügen mit. Viele junge Leute trafen sich da, beim Spaziergang durch die Stadt oder bei kurzen Wanderungen außerhalb von Bozen. Ich erntete manchen Blick, da ich für die damalige Zeit sehr groß war und sicher älter als eine Fünfzehnjährige wirkte. Viele italienische Arbeiter und Carabinieri waren nun in der Stadt und auch sie sehnten sich fernab der Heimat nach einer Romanze. Doch davon wollten meine Arbeitskolleginnen nichts wissen – sich mit einem „Walschen*", wie die Italiener von vielen genannt wurden, einzulassen, galt damals als große Schande. Außerdem beherrschten sie die italienische Sprache kaum. Manchmal sprachen uns junge Italiener an, und ich, die ich als Einzige durch meine Sprachübungen mit dem Italienischlehrer gut Italienisch sprach, antwortete immer höflich. Das freute die jungen Männer offensichtlich, aber zu mehr war ich absolut nicht bereit, weder mit einem italienischen, noch mit einem deutschen jungen Mann. Ich hatte nur einen im Kopf, immer nur den einen.

* Vom keltischen „welsch"; ursprünglich für „keltisch", später für „romanisch", „französisch", „italienisch"; veraltet für „fremdländisch" – in Südtirol in der Bedeutung von „Italiener".

Maria lernte auf diese Weise ihren späteren Mann kennen, Giovanni aus Sizilien. Er war ebenso wie sie Mitte zwanzig und mit anderen Hilfsarbeitern in der Hoffnung auf ein besseres Leben zu uns nach Bozen gekommen, aber er fühlte sich sehr einsam hier. Die anderen Dienstmädchen waren im ersten Moment sehr schockiert, dass sich Maria überhaupt mit ihm einließ. Er hatte kohlschwarze Haare und freundliche Augen. An einem Sonntagnachmittag im Frühling sprach er uns an und wie immer antwortete ich höflich. Die anderen wollten mich wegziehen, doch er ließ nicht locker. Er wollte uns unbedingt einen Kaffee spendieren. Das wollten wir von einem Wildfremden nicht annehmen, da sah er so traurig aus, dass ich ihn fragte, wo er denn herkomme. Und dann begann er zu erzählen, von seiner Heimat Sizilien, von seiner Mamma und seinen acht Geschwistern. Ich hörte höflich zu und auch Maria schien sich plötzlich sehr für Sizilien zu interessieren. Und so fing es eben an zwischen den beiden. Sie trafen sich dann öfters und ich fungierte meistens als Simultanübersetzerin zwischen den beiden. So lernte Maria nach und nach immer besser Italienisch. Leicht hatten sie es nicht, die beiden, denn auch völlig unbekannte Menschen riefen ihnen böse Dinge nach. In einer Zeit, in der uns in Südtirol sogar die deutsche Sprache genommen wurde, waren Beziehungen mit Italienern sehr schlecht angesehen. Und doch gab es viele Pärchen, die Liebe lässt sich eben weder durch eine fremde Sprache noch durch die Politik verhindern. Und Giovanni traf ja schließlich keine Schuld an unserer schlimmen Lage.

Eines Tages im Mai wurde mir zum ersten Mal aufgetragen, Peters Zimmer abzustauben. Bisher hatte dies meistens meine Kollegin Mitzi erledigt, doch diese war nun für andere Räume zuständig. Außerdem war ich nun schon bald ein halbes Jahr im Hause und durfte anspruchsvollere Arbeiten verrichten. Und zu denen zählte offenbar auch das Abstauben im Zimmer des Sohnes. Als ich das erste Mal gemeinsam mit Mitzi, die mir alles zeigte, das Zimmer betrat, war ich völlig aus dem Häuschen. Ich ließ mir nichts anmerken, aber neben seinem Bett zu stehen, neben seinem Schreibtisch war für mich der Gipfel der Gefühle. Nachdem Mitzi gegangen war, setzte ich mich erst einmal vorsichtig auf sein Bett, strich zärtlich über sein Kissen und rückte es gerade. Dann stand ich auf und bewunderte die Bilder, die Plastiken und vor allem – seine Bücher! Was hatte er aber auch für Schätze in seinem Bücherregal: Goethe, Schiller, Dostojewski, er schien alle Klassiker dieser Welt zu besitzen. Ich berührte vorsichtig die Buchdeckel und nahm ein Buch nach dem anderen aus dem Regal. Ich fühlte mich wie im Schlaraffenland. Peter hatte es wirklich gut! Aber am meisten freute mich, dass tief unten im Regal eine alte Ausgabe des Märchenbuchs stand, meines ersten Buches, mit dem ich lesen gelernt hatte. Von nun an stand mein Entschluss fest: Ich wollte mich hier an diesem Bücherschrank bedienen. Das klingt jetzt vielleicht unehrlich, aber ich wollte die Bücher nicht stehlen, sondern ausleihen. Ich nahm immer nur eines und legte es zurück, wenn ich einmal in der Woche das Zimmer saubermachte. Die anderen Mädchen dachten sich nichts dabei, da sie mich ja immer schon mit Büchern gesehen hatten. Sie konnten ja nicht ahnen, woher diese stammten. So wurden meine Abende wieder erfüllter und anstatt zu weinen, verschlang ich die Bücher aus Peters privater Bibliothek. So hatte ich das Gefühl, ihm nahe zu sein, und konnte gleichzeitig meiner liebsten Beschäftigung nachgehen.

Die Ausflüge an den Sonntagen mit meinen Zimmerkolleginnen waren für mich fortan Vergangenheit. Auch diese Zeit an meinen freien Nachmittagen verbrachte ich lieber mit meiner Lektüre. Manchmal überredeten mich die Mädchen doch, sie zu begleiten, dann nahm ich einfach ein Buch mit und las es auf der Promenade im Schatten oder auf einer Parkbank. Sie fanden mich sehr seltsam, denn es gab nicht viele ständig lesende Dienstmädchen, aber es war nun einmal so. Da ich kein Geld für eine Ausbildung hatte, bildete ich mich eben selbst fort. Mein bescheidenes Gehalt schickte ich immer nach Hause, nur ein paar Lire behielt ich für mich selbst. Ich wusste, dass es zu Hause dringender gebraucht wurde. Ich hatte ja alles – Kleidung und Essen bekam ich an meiner Arbeitsstelle, und Bücher ebenfalls.

Im Sommer kam Peter für einen Tag nach Hause. Seine Familie schien sich sehr darüber zu freuen und auch ich war glückselig. Dieses Mal nahm er mich überhaupt nicht wahr, er schien mir irgendwie erwachsener und männlicher geworden zu sein. Nach einem Tag fuhr er mit seinen Eltern auf den Ritten, in die Sommerfrische. Zwei Dienstmädchen und die Köchin durften die Familie begleiten, doch leider zählte ich nicht zu den Auserwählten. Doch inzwischen versuchte ich, möglichst viel über ihn in Erfahrung zu bringen. Jetzt, wo der Herr nicht mehr im Haus war, wurde ich immer mutiger in Peters Zimmer. Ich durchstöberte seine Hefte und bald wusste ich, dass er am 27. Februar 1910 geboren worden und folglich tatsächlich siebzehn Jahre alt war, also war er zwei Jahre älter als ich. Seine Noten waren gar nicht gut, am liebsten schien er Sport zu betreiben, aber in Sprachen schien er nicht besonders bewandert zu sein. Ansonsten fand ich nicht viel Privates über ihn, aber das reichte mir schon. Mehr über ihn zu wissen, gab mir das Gefühl, ihm nahe zu sein.

Mit dem Schuljahr 1927/28 gab es keine deutsche öffentliche Schule mehr in Südtirol. Zu jener Zeit schaute es nicht sehr rosig für uns Südtiroler aus. Die Menschen waren bestürzt, aber alle politischen Interventionen, auch des Auslandes, blieben erfolglos. Ich bekam davon direkt nichts mehr mit, da ich ja nicht mehr in die Schule ging, aber fast täglich stand davon etwas in den Zeitungen geschrieben. Ich las oft die Zeitung, da sie während der Abwesenheit der Herrschaften meistens zur Verfügung stand. Ich war sehr interessiert am Geschehen. So erfuhr ich auch, dass es unter Strafe verboten war, mehr als drei Kindern Deutschunterricht zu erteilen. Es war schon eine schlimme Zeit für uns. Ich persönlich aber bekam nicht besonders viel davon mit. Ich lebte in meiner eigenen Welt, war noch sehr jung, und da ich sehr sprachbegabt war, hatte ich mit der zusätzlichen Sprache keine Probleme. Außerdem war ich über beide Ohren verliebt.

Peter von Goldeggs Schulleistungen waren allerdings so miserabel, dass sich seine Eltern dazu entschlossen, ihn im Herbst auf das Franziskanergymnasium in Bozen zu schicken. Durch die Anwesenheit im Hause hofften sie, verstärkt Einfluss auf seine Schulleistungen gewinnen zu können, vor allem der strenge Vater. Zudem war bekannt geworden, dass Peters Verhalten in Brixen nicht den Erwartungen der geistlichen Herren entsprach, so dass ihm auch nichts anderes übrig blieb als die Schule zu wechseln.

Als ich in einem Nebensatz der Köchin von diesen Neuigkeiten erfuhr, glaubte ich, meinen Ohren nicht trauen zu können. Peter würde von nun an dauerhaft in Bozen leben? Unter demselben Dach wie ich? Ich war ganz aus dem Häuschen. Wiederum bemerkten die anderen Dienstmädchen meine Veränderung und wiederum konnten sie sich den Grund nicht erklären. Auf Peter wäre nämlich niemand gekommen, so abwegig war es, dass ein kleines Dienstmädchen aus den Bergen es wagte, sich für den Sohn eines reichen Bozner Hauses zu interessieren und ständig an ihn zu denken. Doch mir war das mehr als recht, ich hätte mein Geheimnis nie mit jemandem geteilt.

Und dann war es so weit. Mitte September 1927 kam die ganze Familie von der Rittner Sommerfrische zurück. Der Vater war schon seit einigen Wochen in Bozen, und nun waren wieder alle vollständig. Vom Fenster aus beobachtete ich wie beim ersten Mal, wie Peter aus dem Auto ausstieg und dann seiner Mutter aus dem Wagen half. Diesmal sah er ganz anders aus als im Februar. Er machte ein sehr ernstes Gesicht, fast böse wirkte er, die neue Situation schien ihm überhaupt nicht zu behagen. Seine Mutter, ganz Dame von Welt, schritt majestätisch vor ihm her und ignorierte offensichtlich die Stimmungslage ihres Sohnes. Ebenso wie ihr Mann war sie überzeugt davon, das Richtige zu tun. Peter musste endlich lernen, seinen Verpflichtungen in der Schule nachzukommen, darin waren sich seine Eltern einig.

Am Abend fragte ich Maria schüchtern, wie oft ich von nun das Zimmer des jungen Herrn sauber machen sollte, da er nun wieder im Hause war. Ganz beiläufig fragte ich das, doch in meinem Innern hatte ich eine Riesenangst, dass mir diese Aufgabe nun wieder entzogen würde oder dass Maria irgendetwas bemerken könnte. Doch zu meiner großen Erleichterung antwortete Maria: „Täglich, Anna, und zwar dann, wenn der junge Herr in der Schule ist, also vormittags." Ich war glückselig. So konnte ich weiterhin meinem geheimen Liebsten ohne sein Wissen sehr nahe sein.

Im Oktober begann die Schule, und während ich das Treppengeländer schrubbte, lief er grußlos an mir vorbei die Treppe hinunter. Er trug seine Ledertasche mit den Schulsachen und machte ein bitterböses Gesicht. „Guten Morgen", sagte ich schüchtern und knickste, da drehte er sich kurz um und sah mich an. „Du bist das neue Dienstmädchen, das erst seit Kurzem für uns arbeitet, stimmt's?", fragte er kurz. „Ja, Herr von Goldegg", antwortete ich und errötete leicht. Ganz kurz sah er mich intensiv an. Ich glaubte, gleich in Ohnmacht fallen zu müssen. Er aber ging ohne ein weiteres Wort weiter.

Von nun an grüßte er mich immer kurz, wenn er an mir vorbeiging, und ich sprach ihn immer mit „Herr von Goldegg" an, wie alle anderen im Hause. Am Vormittag aber, wenn er in der Schule war, strich ich zärtlich über seine Bücher und seine Kleider und träumte von ihm, immer nur von ihm.

*

Dann geschah es eines Tages, ich kann mich noch daran erinnern, als wäre es erst gestern passiert. An einem Vormittag war seine Schule früher aus als gewohnt und er betrat plötzlich sein Zimmer, in dem ich gerade sauber machte. Zum Glück staubte ich tatsächlich gerade ab, nicht zu denken, was passiert wäre, wenn ich gerade mit seiner Jacke getanzt hätte wie andere Male. Abrupt blieb er mitten im Zimmer stehen und sah mich vorwurfsvoll an. „Was machst du denn da?", fragte er mich mit drohender Stimme. Ich war erschrocken, da ich ihn wirklich nicht erwartet hatte, und antwortete: „Ich mache Ihr Zimmer sauber, Herr von Goldegg, wie immer, wenn Sie in der Schule sind. Aber ich werde Sie nicht weiter stören und mache später weiter." „Nein, nein, bleib nur, mach nur fertig, du störst mich nicht. Ich wusste gar nicht, dass du das jetzt immer machst." – „Schon seit dem Frühling, Herr von Goldegg", antwortete ich nun etwas gefasster.

Seine Stimme. So tief und fest. Neben ihm stehen und mit ihm reden. Ich hatte das Gefühl, dass mein Herz gleich zerspringen würde. Jung war ich und dumm und verliebt in ihn, der so nahe bei mir stand. „Wie heißt du überhaupt?“, fragte er mich und ich antwortete mit mittlerweile fester Stimme: „Ich heiße Anna.“ – „Anna. Gut, Anna, dann bitte mach weiter, ich muss jetzt Hausaufgaben machen, leider. Du hast es gut, Mädchen, diese Strapazen bleiben dir wohl erspart.“ Er schien wirklich nicht zu verstehen, was für ein großes Glück er hatte mit seinem Geld und seiner Schulausbildung. Ein bisschen ärgerte mich das fast. Deswegen klang mein Ton vielleicht weniger untertänig, als er es gewohnt war, als ich erwiderte: „Herr von Goldegg, ich würde gerne zur Schule gehen, aber meiner Familie ist es nicht möglich, mich zu unterstützen. Sie sind in der glücklichen Lage, keine Geldsorgen zu haben und sollten sich darüber freuen.“ Staunend sah er mich an, wahrscheinlich irritierte ihn auch meine für ein Dienstmädchen der damaligen Zeit keinesfalls übliche Ausdrucksweise. Dann schienen ihm seine Worte doch leid zu tun, jedenfalls antwortete er: „Anna, ich wollte dich nicht beleidigen, aber die Schule ist wirklich nicht leicht für mich. Es wird so viel verlangt.“ Damit schien das Gespräch für ihn beendet zu sein, denn er nahm ein Buch aus der Tasche, setzte sich an seinen Schreibtisch und blätterte darin. Ich sagte nichts mehr; einerseits ärgerten mich seine unbedachten Worte immer noch und andererseits war ich unsicher, ob ich nicht zu weit gegangen war. Immerhin war er der Sohn des Hauses, ich wollte mich auf keinen Fall mit ihm anlegen.

Wieder vergingen einige Wochen, bis ich ihm wieder so nahe kam. Inzwischen las ich noch mehr als vorher, da Peter viele neue Bücher in seinem Zimmer hatte, die er vorher in Brixen in seinem Studentenzimmer aufbewahrt hatte. Ich war mir sicher, dass ihm nicht auffiel, wenn eines fehlte, und verwendete sein Zimmer munter weiter als Bibliothek. Irgendwann fing ich dann auch an, seine Hefte heimlich anzusehen. Ich wagte es nie, diese aus seinem Zimmer zu entnehmen, aber ich sah sie mir gerne an. Die Italienisch- wie die Lateinaufgaben schienen mir gar nicht so schwierig zu sein. Was ich überhaupt nicht verstand, war Mathematik; wir hatten in der Volksschule ja noch nicht einmal Bruchrechnungen gelernt, da waren die mathematischen Gleichungen für mich wie chinesische Schriftzeichen. Auch Griechisch beherrschte ich nicht, das hatte ich nie gelernt.

Peters Hefte waren eher schlampig, man merkte ihnen an, dass er mit keiner großen Begeisterung an seine Aufgaben heranging. Die Noten waren mehr schlecht als recht und ich begann langsam zu verstehen, warum er die Schule so sehr hasste. Die Fächer schienen ihn nicht zu interessieren und die Lehrer schienen ihn deshalb nicht besonders zu mögen – da kann es wohl kaum gut gehen, dachte ich. So schwach er in allen Sprachen war, so stark schien er in Mathematik zu sein. Das faszinierte mich an ihm, wie auch sonst alles. Meine Schwärmerei für ihn hatte nicht nachgelassen, obwohl ich ihn fast immer nur von Weitem sah. Er war für mich der absolute Traumprinz, so nah und doch unerreichbar fern. Wenn ich mal einen Verehrer hatte – einen Küchenjungen oder einen

Hausdiener anderer wohlhabender Familien – wimmelte ich ihn jedes Mal sofort ab. Für mich gab es nur Peter.

Zu Weihnachten durfte ich nach Hause. Obwohl dort nichts mehr so war wie früher, freute ich mich sehr darauf, trotz der räumlichen Trennung von Peter. Meinem Vater ging es jetzt etwas besser, er trank nicht mehr so viel wie früher. Er schien sich mit seinem Schicksal abgefunden zu haben. Einige meiner Geschwister wiederzusehen, freute mich am meisten. Wir hatten trotz aller Unterschiede zwischen uns immer ein gutes Verhältnis zueinander gehabt. Nach der Christmette kam der Pfarrer zu mir und fragte mich, wie es mir in Bozen bisher ergangen sei. Als ich ihm antwortete, dass ich mich sehr wohl fühlte und auch viel Zeit für meine Lektüre hätte, lächelte er zufrieden. Vielleicht ahnte er, welches Schicksal ich vorher meistern musste.

Der Heilige Abend zu Hause war sehr gemütlich, daheim in der warmen Stube.

Endlich schaute ich nicht mehr zurück, sondern nach vorne. An Silvester war ich sehr nachdenklich. Was das anbrechende Jahr wohl bringen würde?

Vieles, sehr vieles würde sich ändern. Aber das ahnte ich damals noch nicht.

Bald nach Neujahr 1928 trat ich wieder meinen Dienst in Bozen an. Wie immer freute ich mich am meisten auf die Säuberung von Peters Zimmer, die ich täglich verrichten durfte. Doch Mitte Jänner, ich war mittlerweile fast sechzehn Jahre alt, änderte sich schlagartig alles für mich.

Ich hatte mir wieder einmal heimlich ein Buch von Peter ausgeliehen. Da ich noch nie dabei ertappt worden war, wurde ich immer unvorsichtiger. „Krieg und Frieden" von Tolstoi, ein beeindruckendes Buch. Ich verstand nicht alle geschichtlichen Hintergründe, aber trotzdem verschlang ich das Werk innerhalb weniger Tage. Warum Peter genau dieses Buch plötzlich vermisste, weiß ich bis heute nicht. Vielleicht wurde es gerade in der Schule behandelt? Oder er hatte mit seinen Freunden darüber gesprochen? Er interessierte sich nun wirklich nicht besonders für Literatur, aber irgendwann fiel ihm auf, dass „Krieg und Frieden" in seinem Regal fehlte. Er sagte seinen Eltern nichts, da es ihm zuerst nicht so wichtig vorkam, doch als sich das Buch zwei Tage später wieder an seinem Platz befand, wurde er doch stutzig. Nun begann er, auch auf seine anderen Bücher zu achten. Und siehe da, „Madame Bovary", das ich mit hochrotem Gesicht las, war nun verschwunden. Peter war sich noch immer nicht sicher, doch als dann nach drei Tagen statt „Madame Bovary" eines von Stifters Werken fehlte, wusste er: Jemand nahm sich seine Bücher. Zuerst wollte er nun doch mit seinen Eltern darüber sprechen, aber das ließ er dann sein, zu schlecht war zu jener Zeit das Verhältnis zwischen ihnen. Er wollte der Sache selbst auf den Grund gehen. Wer konnte der Schuldige sein? Da er bald bemerkte, dass die Bücher immer an den Vormittagen ausgetauscht wurden, fasste er einen Plan. Er wollte den Täter auf frischer Tat ertappen. Er verdächtigte am ehesten einen Jungen aus der Nachbarschaft, der manchmal Botengänge für die Familie von Goldegg erledigte und die Klasse unter ihm besuchte. In flagranti wollte er ihn erwischen, denn dass jemand in sein Zimmer schlich und sein Eigentum ungefragt an sich nahm, das war ihm zutiefst zuwider.

Als das nächste Mal ein Buch abhanden kam, wartete er drei Tage ab. Dann legte er sich in seinem Zimmer hinter dem Vorhang auf die Lauer. Mit seinen bald achtzehn Jahren war es für ihn eine angenehme Abwechslung in seinem Schulalltag, einmal zu schwänzen und sich als Hobbydetektiv fühlen zu können.

Wie jeden Tag kam ich gegen neun Uhr in das Zimmer des jungen Herrn. Hell durchflutet war es, die Sonne schien herein. Für Ende Jänner ein sehr schöner Tag.

Peter hatte sicher gleich bemerkt, dass ich sein Zimmer betreten hatte. Hinter dem Vorhang konnte er mich sicher an meinen Konturen erkennen. „Nur das Dienstmädchen“, wird er wohl gedacht haben. Ich wäre für ihn nämlich niemals als Täterin in Frage gekommen, das arme Dienstmädchen vom Lande. Wohl deshalb harrte er in seiner Position aus.

Nachdem ich sein Bett gemacht hatte, staubte ich die Möbel ab. Dann ging ich wie so oft an sein Bücherregal. Das Buch hatte ich unter meiner Schürze versteckt. „Die Leiden des jungen Werther“ hatte mir sehr gut gefallen. Deshalb beschloss ich, erneut ein Werk von Goethe zu wählen. Ich nahm ein Buch nach dem anderen aus dem Regal und sah es mir kurz an. In diesem Moment dachte Peter wahrscheinlich immer noch, dass ich die Bücher abstauben würde. Doch irgendwann dürfte ihm dann doch ein Licht aufgegangen sein. Er spähte hinter seinem Vorhang heraus und erkannte zu seiner großen Verwunderung, dass ich, das neue Dienstmädchen, die Diebin seiner eigentlich verschmähten Bücher war und gerade ein Buch zurücklegte. Während ich mir dann ein besonders dickes Buch ansah, schlich er sich heraus.

„Das ist ja spannender als ein Krimi, Oma“, unterbricht Martina ihre Großmutter. „Wie ging es dann weiter? Was hat Peter gesagt?“

Erst mal gar nichts. Ich war so überzeugt davon, unbeobachtet zu sein, dass ich mich kurz auf seine Bettkante gesetzt hatte, um im „Faust“, der mir dann übrigens gar nicht zusagte, zu blättern. Dann hatte ich plötzlich ein komisches Gefühl. Ich weiß nicht, wie lange er hinter mir stand, es mögen wohl einige Minuten gewesen sein, doch urplötzlich spürte ich, dass ich nicht alleine war.

Ich drehte mich um und sah ihn nun vor mir stehen. Ich war so erschrocken, dass ich aufsprang. Das Buch fiel zu Boden, doch ich wollte nur weg, ich wäre am liebsten im Boden versunken. Ich rannte zur Tür und öffnete sie, doch er war schneller und schob die Tür wieder von innen zu. Nun stand ich da neben meinem Angebeteten, der mich hochrot vor Zorn ansah. Er sagte immer noch nichts, da war meine Beherrschung dann doch vorbei und die Tränen rannen mir über die Wangen. Es war mir alles entsetzlich peinlich und ich wollte unbedingt fort, doch er ließ mich nicht gehen. Immer noch wütend und verwundert begann er langsam zu sprechen: „So, du bist das also. Du hast meine Bücher gestohlen! Wie lange geht das denn schon? Das würde mich interessieren. Und was hast du mit den Büchern gemacht? Wer hat dir aufgetragen, sie zu holen, vielleicht der Kurt von nebenan?" Ich schluchzte nur noch und war nicht imstande, seine Fragen zu beantworten. Außerdem hatte ich riesige Angst. Was, wenn er das nun seinen Eltern erzählte?

„Du antwortest nicht, schade. Ich werde meine Familie darüber unterrichten müssen, was du für ein unehrlicher Mensch bist. Keinen Tag länger bleibst du in unserem Hause." Da war ich wirklich geschockt. Würde er mich tatsächlich hinauswerfen lassen? „Nein, nein, Herr von Goldegg, bitte, bitte nicht! Ich habe die Bücher nicht weggegeben und auch nicht gestohlen." Er sah mich lauernd an. „Ich habe sie immer nur ausgeliehen", sagte ich nun leise. „Wie bitte? Hast du sie vielleicht auch gelesen?", fragte er spöttisch. „Ja", antwortete ich zuerst zaghaft, doch dann etwas sicherer, da ich mich darüber ärgerte, dass er mir das gar nicht zutraute. Er schaute mich hämisch an und glaubte wohl, einen besonders guten Einfall zu haben: „Nun gut, wenn du sie gelesen hast, dann kannst du sie mir wohl auch nacherzählen. Wie heißt Werthers große Liebe?" – „Lotte", antwortete ich zornig unter Tränen. Doch er ließ sich nicht aus der Ruhe bringen. Er schien die Bücher tatsächlich alle gelesen zu haben, jedoch sehr oberflächlich, da er nur sehr allgemeine Fragen stellte. „Wo spielt ‚Krieg und Frieden'?", fragte er, immer noch in dem spöttischen Tonfall, der mich fast zur Weißglut brachte. „In Russland", antwortete ich trotzig. „Dieses Buch hat mir besonders gut gefallen!" – „Hm, aber hier auf Seite 121 – worum geht es da genau?" Diese Frage war schon etwas böse, denn das konnte ich nun wirklich nicht auf Anhieb wissen. Zornig entriss ich ihm das Buch, schaute kurz darauf und schilderte ihm dann im Detail das entsprechende Kapitel.

Sein Schweigen, das nun folgte, nutzte ich, um ihn nochmals anzuflehen: „Bitte, verraten Sie mich nicht. Ich arbeite so gerne hier, wenn Sie mich hinauswerfen lassen, wird mich niemand mehr in der Stadt anstellen, dann muss ich wieder auf einen Hof und kann nichts mehr lesen." – „Warum interessierst du dich denn für Literatur?", fragte er, mittlerweile ziemlich perplex. „Ich habe immer schon gerne gelesen, seit ich klein war, es ist meine liebste Beschäftigung", erzählte ich ihm, in der Hoffnung, dass er mir verzeihen würde. „Und Ihre Bücher, die sind so ein Schatz für mich, ich fühle mich wie im Paradies hier. Nach der Arbeit kann ich immer lesen, und das ist für mich so schön." Er sah mich immer noch sehr skeptisch an. Ich schien überhaupt nicht in sein Weltbild zu passen. Da entschloss ich mich zu einer List: „Herr von Goldegg, wenn sie mich nicht verraten, helfe ich Ihnen." Daraufhin sah er mich wieder spöttisch an. „Wobei willst du mir denn helfen?", fragte er. „Bei Ihren Aufgaben, Italienisch und Latein. Wenn Sie wollen, unterstütze ich Sie dabei, dort haben Sie ja Ihre Schwierigkeiten." Im nächsten Moment hätte ich mir auf die Zunge beißen können. „Ach, du siehst dir auch meine Hefte an? Weißt du eigentlich, dass du fast schon kriminell bist? Wie alt bist du eigentlich? Und wieso kannst du Latein? Vielleicht kannst du sogar Griechisch?" – „Nein, nur Latein. Ich bin sechzehn, und diese Sprache habe ich schon als Kind gelernt." – „Das werden wir ja sehen." Er reichte mir einen lateinischen Text, einen für mich sehr einfachen, den ich mühelos übersetzte. Nun war er wirklich sprachlos. „Warum arbeitest du denn als einfaches Dienstmädchen?", fragte er schließlich. „Du solltest doch besser zur Schule gehen." Nun wurde ich wieder zornig: „Schule. Mit welchem Geld denn? Wer finanziert schon einem Mädchen wie mir eine Ausbildung? Ich kann doch wohl kaum Pfarrer werden." Da lachte er, zum ersten Mal überhaupt sah ich ihn lachen. Er sah wunderschön dabei aus, einfach umwerfend. „Nein", sagte er schließlich, „das geht wirklich nicht. Gut, du Diebin und Bücherleserin, abgemacht. Du machst meine Aufgaben und ich hüte unser Geheimnis." – „Nein!", antwortete ich nun heftig. „Ich helfe Ihnen nur, sonst lernen Sie ja nichts dabei!" Innerhalb fünf Sekunden wurde sein Gesicht bitterböse. „Ach so, du willst Bedingungen stellen. Bist du auch eine von jenen, die besser wissen als ich, was für mich gut ist. Nein, es bleibt dabei: Du löst meine Aufgaben, sonst verrate ich dich." Über alle Maßen verärgert nickte ich langsam. „Kann ich jetzt gehen?", fragte ich schließlich, da er gar nichts mehr sagte. „Nein", antwortete er, „du kannst mir gleich eine Lateinübersetzung machen, abgemacht ist abgemacht."

*

Und so begann unsere stillschweigende Übereinkunft. Ich erledigte seine Hausaufgaben. Diese waren schwierig, aber ich genoss die neue Herausforderung. Dafür verriet er mich nicht. So bekam ich ihn nun fast täglich zu sehen. Meistens sprach er nicht viel, sondern reichte mir nur wortlos seine Aufgaben, die ich immer rasch erledigte. Ich arbeitete meistens in seinem Zimmer, da hatte ich vormittags meine Ruhe. Manchmal, wenn er etwas von einem Tag auf den anderen erledigen musste, machte ich die Aufgaben abends in der Dienstbotenkammer. Die anderen Mädchen waren so vertieft in ihre Männergeschichten, dass sie es nicht bemerkten. Ich legte die Hefte dann nach getaner Arbeit vor sein Zimmer und er schrieb sie ab. Das Schönste war: Ich durfte weiterhin seine Bücher ausleihen. Ich war nicht mehr so schnell mit dem Lesen, da ich seine Hausaufgaben erledigen musste. Aber insgesamt war ich sehr zufrieden mit meiner neuen Situation. Immer wieder konnte ich mich kurz mit Peter unterhalten und er wurde von Tag zu Tag freundlicher mit mir.

Im April machten seine Eltern eine größere Reise. Sie fuhren für einige Wochen nach Wien, zu Verwandten von Peters

Mutter. Da er schon fast achtzehn war, ließen sie ihn alleine mit dem Personal zurück. Er hatte nun sozusagen „sturmfreie Bude".

Bald, nachdem seine Familie verreist war, führten wir ein längeres Gespräch. Als ich an seine Zimmertür klopfte, um die täglichen Hausaufgaben abzuholen, bat er mich, einzutreten. Er müsse mit mir reden. Er sah schlecht aus, hatte wohl nur wenig geschlafen und wirkte fast wie abwesend. Diesmal bot er mir sogar einen Stuhl an, es musste sich also wirklich um etwas Wichtiges handeln. „Anna", begann er, „Anna, so kann es nicht weitergehen. Ich habe heute in der Lateinschularbeit eine negative Note bekommen, und die Patres beginnen sich zu wundern. Sie verstehen nicht, warum ich so gute Hausaufgaben liefere und bei den Prüfungen so schlecht abschneide. Anna, wenn das so weitergeht, muss ich ein weiteres Mal wiederholen, dann schickt mich mein alter Herr in ein strenges Internat nach Mailand." Ich sah ihn erschüttert an. Mailand? Peter – fort von mir? „Nein, so weit wird es nicht kommen", antwortete ich schnell, „ich helfe Ihnen. Das ist alles nicht so schwierig, Sie werden sehen." Er sah mich zaghaft an. „Meinst du, du schaffst das? Ich bin nicht so gescheit wie du, das weiß ich. Du bist ein richtig kluges Köpfchen, aber ich bin eher im Sport und in Mathematik gut." Um Peter zu helfen, hätte ich alles getan. „Latein und Italienisch, das können wir üben. Wenn Sie wollen, fangen wir gleich an. Das heißt, ich muss noch die Treppe fertig machen, dann kann ich kommen." Er lächelte. „Ich würde dich hier viel mehr brauchen, aber ich will auch nicht, dass die anderen hinter unser Geheimnis kommen. Mein Vater würde es nicht lustig finden, dass sein Dienstmädchen klüger ist als sein Sohn."

Bald hatte er eine Idee. Da ich ihm verriet, dass ich nachmittags meistens im Bügelzimmer war und die Bügelwäsche erledigte, kam er nun fast täglich dorthin. Auch das blieb unbemerkt, da jeder seinen eigenen Gedanken nachhing und niemand erraten hätte, dass ich dem Sohn des Hauses Nachhilfe gab. So konnte ich jetzt fast täglich mit ihm üben. Ich bügelte und er saß daneben und las aus seinem Buch vor. So übte ich mit ihm. Während der Arbeit prüfte ich ihn mündlich und oft machten wir italienische Konversation. So wurden sein und auch mein Italienisch bald besser.

Eine Sprache lernt man am besten, indem man sie spricht, das weißt du ja, mein Kind.

Anders war es mit Mathematik. Als er erfuhr, dass ich dieses Fach nicht beherrschte, wollte er mich auch einmal etwas lehren. Alles habe ich nicht gleich verstanden, mir fehlte das Vorwissen. Und da hatte Peter dann seine Erfolgserlebnisse, als er mir die Grundlagen der Algebra und Arithmetik erklärte. Ich hörte ihm gerne zu und bald war ich in der Lage, auch schwierigere Rechnungen zu lösen. „Anna, du bist ein Genie", sagte er oft, „so ein kluges Köpfchen! Nun werde ich wohl hoffentlich auch ein besserer Schüler werden!"

Und in der Tat wurden seine Noten besser, zwar nicht besonders gut, aber immerhin genügend bis zufriedenstellend. Vor jeder Schularbeit prüfte ich ihn und gab ihm noch den einen oder anderen Ratschlag. Wir saßen nebeneinander, beide vertieft in die Arbeit, und so lernten wir beide sehr viel. Einmal berührten wir uns zufällig, ich zeigte ihm etwas in seinem Lateinheft und gleichzeitig wollte er umblättern, da fühlte ich seinen Arm an meiner Schulter. Ich war wie elektrisiert. Er starrte mich an, eine Sekunde lang, dann übersetzten wir weiter. „Sie lernen doch gar nicht so schlecht, Herr von Goldegg", munterte ich ihn auf, als er nach unserer Lektion etwas mutlos war. „Nein, Anna, ich heiße Peter, wenn wir alleine sind, einverstanden?" Wieder einmal errötete ich und hasste mich dafür. Ich nickte und tat so, als ob nichts dabei wäre. Aber innerlich war ich ganz aufgewühlt. Peter …

Am nächsten Tag erzählte er mir von einem Ereignis in der Schule. Er hatte zum ersten Mal eine der besten Schularbeiten geschrieben, und die Lehrer konnten nicht glauben, dass aus dem Schulversager plötzlich ein guter Schüler geworden war. Aber er war wirklich viel besser geworden. In der Vergangenheit hatte er einige Hauslehrer gehabt, doch schließlich hatte sein Vater keine Lust mehr, diese zu bezahlen, da die Erfolge regelmäßig ausblieben. Ihm war die Schule früher eben egal gewesen, da konnte ja wohl kaum etwas dabei herauskommen. „Mit dir ist es anders, Anna, du kannst gut erklären, du solltest Lehrerin werden!", sagte er eines Tages zu mir. Er hatte also meinen Herzenswunsch erkannt.

In der Schule wurde er vor das Lehrerkollegium gerufen. Die geistlichen Herren wollten ihn gemeinsam mündlich prüfen, da sie nicht glauben wollten, dass er in den wenigen Wochen solche Fortschritte gemacht hatte. „Das werde ich wohl nicht schaffen, Anna“, meinte er zerknirscht, „die wollen mich fertigmachen. Ich werde kein Wort herausbringen.“ – „Aber Peter, sag das doch nicht! Du schaffst das, das weiß ich!“ Er tat mir leid, und ohne lange zu überlegen stand ich auf und legte aufmunternd den Arm auf seine Schulter. „Du kannst das“, fuhr ich fort, „glaub mir das bitte, ich sehe es ja täglich. Und wenn dir die Lehrer Angst machen, dann denke einfach, ich sitze vor dir und frage dich aus.“ Er sagte plötzlich nichts mehr und lächelte mich an. Wir waren uns sehr nahe. Er überragte mich um fast einen Kopf. Ich spürte seinen Atem. Nun erst wurde mir bewusst, was ich getan hatte, und ich schreckte zurück. „Entschuldigung“, sagte ich unbeholfen und wusste nicht mehr, was ich nun sagen sollte. Er ging nicht darauf ein und erwiderte: „Gut, Anna, das mache ich. Du bist auch viel hübscher als meine Professoren.“ Daraufhin wusste ich nun wirklich nichts mehr zu sagen, deshalb öffnete ich schnell die Tür und verließ den Raum.

Am nächsten Tag nach der Schule stürmte er ins Haus, rannte die Treppen hinauf und direkt in sein Zimmer hinein. Die Schule war früher aus als sonst, und ich wischte gerade Staub. Ich konnte ihn gar nicht richtig begrüßen, er lachte und hob mich auf und wirbelte mich durch das Zimmer herum. „Anna, du bist ein Schatz, Anna, ich habe es geschafft, es lief großartig heute!“, rief er ungestüm. Er war ganz aus dem Häuschen und ich – ich freute mich mit ihm. „Das ist ja herrlich!“, rief ich, nachdem er mich wieder auf dem Boden abgesetzt hatte, und reichte ihm die Hand. „Herzlichen Glückwunsch! Du wirst sehen, du wirst sicher versetzt!“ Er war noch ganz außer Atem, dann setzte er sich und erzählte mir haargenau, wie seine Lehrer streng geschaut hatten, wie er sich vorgestellt hatte, dass ich an ihrer Stelle wäre, und sich entspannt hatte, welche Fragen sie ihm gestellt hatten und wie er geantwortet hatte. „Zuletzt haben sie gesagt: ‚Warum nicht gleich so, Herr von Goldegg?' Ich bin so froh, und das habe ich nur dir zu verdanken. Nun wird wohl auch mein Herr Papa endlich wieder eine bessere Meinung von mir haben! Los Anna, du darfst dir etwas wünschen. Was möchtest du denn?“ Mir fehlten die Worte, ich freute mich mit ihm und war wunschlos glücklich. Doch als er sich seinem Nachtkästchen näherte und seine Brieftasche herausnahm, verfinsterte sich mein Blick. Er würde doch nicht etwa …? Und da war er schon, ein Zehn-Lire-Schein, recht viel Geld für diese Zeit, ich hätte es gut gebrauchen können. Aber dass er mir Geld anbot – ich war so zornig, die Tränen brannten auf meinen Wangen, und wortlos verließ ich das Zimmer. Ich liebte ihn doch, ich war nicht käuflich, ich war beleidigt und wollte nur fort von ihm. Er war so baff, dass er nicht einmal versuchte, mich aufzuhalten.

Später, als ich am Nachmittag nicht zur gewohnten Zeit im Bügelzimmer erschien, suchte er mich im ganzen Haus. Doch ich war so verärgert, dass ich Frau von Pegger gebeten hatte, mir ausnahmsweise frei zu geben, da eine Verwandte in der Stadt sei. Ich ging die Bozner Lauben hinauf und hinunter und ärgerte mich unentwegt. Was glaubte er denn eigentlich, dieser Herr von Goldegg? Er sah wohl immer nur das kleine Dienstmädchen in mir, das sich vielleicht ein Eis von seinem Geld kaufte. Ich ärgerte mich und rempelte sogar jemanden im Vorbeigehen an. „Nicht so schnell, kleines Fräulein, und nicht so verärgert!", rief mir der ältere Mann nach, doch ich registrierte ihn gar nicht. Ich dachte wie immer nur an Peter.

Der suchte mich im ganzen Haus. Als er nicht fündig wurde, klopfte er sogar an meine Zimmertür. Doch auch dort war niemand, alle waren mit ihrer Arbeit beschäftigt. So fragte er Frau von Pegger nach mir. „Könnten Sie bitte das Dienstmädchen in mein Zimmer schicken? Ich gehe jetzt und ich glaube, heute hat sie dort noch nicht aufgeräumt." Etwas Besseres war ihm wohl nicht eingefallen, denn sie erwiderte: „Das ist aber sehr bedauerlich, Herr von Goldegg, ich werde mir das Mädchen vornehmen. Sie hat heute Nachmittag frei genommen und ist ausgegangen, da eine Verwandte in der Stadt ist." Da war Peter auch schon weg.

Maria, die statt mir ins Zimmer geschickt wurde, fand eigentlich nicht, dass es dort unaufgeräumt aussah, aber gehorsam staubte sie nochmals ab. Peter aber holte seine Jacke und rannte in Richtung Promenade. Er wusste, dass ich manchmal an meinen freien Tagen dort war, um in Ruhe zu lesen. Er glaubte nämlich nicht, dass ich wirklich eine Verwandte erwartete. Als er die Lauben hinunterrannte, blieb er abrupt stehen. Vor der Papierhandlung Vogelweider – der heutigen Athesia – stand ich und schaute hinein. Er erkannte mich sofort, wie er später sagte. Ich trug ja meine Dienstmädchentracht, da ich mich nicht einmal umgezogen hatte. „Anna", sagte er leise. Ich drehte mich um und funkelte ihn böse an. Dann wollte ich schnell fortgehen, doch er hielt mich auf. „Lass mich gehen!", zischte ich. „Die Leute schauen schon komisch her." – „Anna, bitte entschuldige, ich wollte dich nicht beleidigen. Ich habe mich so gefreut und wollte, dass du dich auch freust, und – es tut mir leid." Ich sah ihm böse in die Augen und da erkannte ich, dass er es wirklich ernst meinte. Vielleicht hatte ich mit meiner Reaktion auch übertrieben, aber wir waren so jung damals und ich war so verliebt. „Ist schon gut", antwortete ich leise, „ist schon gut." Er ließ mich los, aber ein paar Leute waren schon stehengeblieben und hatten uns bemerkt. „Peter!", rief ein junger Mann und grinste, „Hallo!" – „Ich gehe jetzt nach Hause, Herr von Goldegg, auf Wiedersehen!", sagte ich nun laut und deutlich, und dann entfernte ich mich von ihm. Er hielt sich mit seinem Bekannten auf, aber später folgte er mir und ging schließlich Seite an Seite mit mir zurück. „Warum bist du denn so schnell weggerannt?", fragte er mich. „Das weißt du genau", antwortete ich.

Nachdem ich in seinem Hause angekommen war, ließ mich Frau von Pegger gleich zu sich rufen. Sie schimpfte und sagte, dass der junge Herr von Goldegg nicht zufrieden mit meiner Leistung gewesen sei. Ich verstand nicht gleich, doch da trat er ein und sagte, es handle sich um einen Irrtum. Frau von Pegger sah ihn seltsam an und entließ mich dann. Was sie sich gedacht haben mag, weiß ich nicht, aber es war mir sehr unangenehm.

*

Wir führten unsere Lektionen fort und manchmal lachten wir dann zusammen über alles Mögliche. Wir waren so jung und unschuldig. Peter war fast schon ein Mann, aber doch wieder irgendwie wie ein kleiner Bub. Manchmal neckte er mich, und wenn ich mich dann ärgerte, legte er seinen Arm um meine Schulter und entschuldigte sich ganz übertrieben. So vergingen unsere Tage unbeschwert und schön. Seine Eltern waren längst wieder zurück und sehr angetan von Peters guten Schulleistungen. Sie dachten immer, dass er am Nachmittag in seinem Zimmer lernt, so blieben unsere gemeinsamen Studierstunden weiterhin unbemerkt. Peters Eltern waren immer sehr um den Schein bedacht, aber für die Wünsche und Träume ihres Sohnes schienen sie sich nicht sonderlich zu interessieren, das wurde mir immer mehr klar. Ich kam aus einem armen Haus, aber vor allem durch meinen Großvater hatte ich sehr viel Wärme erfahren. Peter war seinen Eltern als einziges Kind sicher wichtig, doch sie zeigten es ihm kaum.

Im Sommer zog die Familie auf den Ritten zur Sommerfrische. Ich weiß nicht, wie Peter es geschafft hatte, doch diesmal durfte ich mit. Und es war herrlich! Ich war ja in einem Bergdorf aufgewachsen, doch niemals wäre mir vor diesem Aufenthalt auf dem Ritten in den Sinn gekommen, dass es dort so angenehm sein könnte. Die Familie besaß ein wunderschönes Haus, ganz in der Nähe von Wiesen und vom Waldrand. Peter und seine Familie trafen sich oft mit Freunden, die auch in der Nähe ein Haus besaßen. Sie wanderten, gingen spazieren oder saßen einfach nur in der Sonne und taten gar nichts. Ich fühlte mich sehr wohl, manchmal durfte ich nun auch bei Tisch servieren. Anfangs war ich etwas ungeschickt, aber da Maria sich das Bein gebrochen hatte und eine Zeit lang ausfiel, mussten sie mit mir vorliebnehmen. So hatte ich nun erstmals dauerhaften direkten Kontakt mit der ganzen Familie. Peter tat natürlich immer so, als würden wir uns nicht kennen. Ich war damit einverstanden, denn ich hatte Angst davor, dass seine Eltern nicht sonderlich begeistert über unsere enge Bekanntschaft sein würden. Damit sollte ich Recht behalten.

Peters Eltern behandelten mich wie Luft, ich war wie unsichtbar. Als ich anfangs einmal etwas verschüttete, sagte Frau von Goldegg nur gedankenverloren zu ihrem Mann: „Ach, heutzutage gibt es kein gutes Personal mehr. Hoffentlich erholt sich das andere Dienstmädchen bald wieder." Ich war irgendwie verletzt, andererseits war mir diese Reaktion lieber als ein Geschimpfe. Ich existierte für meine Arbeitgeber als Mensch nicht, sondern war nur die namenlose Bedienstete, die ihnen das Essen brachte und später wieder abräumte. Peter war immer sehr höflich, unbemerkt lächelte er mir manchmal zu. Das baute mich dann innerlich auf. Jetzt im Sommer entfielen unsere gemeinsamen Studierstunden, das tat mir sehr leid. Und manchmal schien er fast vergessen zu haben, dass es mich überhaupt gibt. Darüber war ich sehr wütend.

Besonders schlimm wurde es dann, als Auguste plötzlich wie aus dem Nichts erschien. Auguste war die Tochter von guten Bekannten der Familie von Goldegg, die in der Nachbarschaft ein Ferienhäuschen besaßen. Sie war mit Peter aufgewachsen, siebzehn Jahre alt und eine richtig verwöhnte Göre. Sie war nicht besonders hübsch, trug aber immer wunderschöne Kleider und war meistens der Mittelpunkt des Geschehens. Peters Eltern freuten sich sichtlich, wenn sie da war. Einmal unterhielten sie sich sogar in meiner Anwesenheit über sie: „Auguste ist ein besonders nettes Mädchen“, begann Frau von Goldegg, während sie den Kaffee trank. „Ja“, antwortete ihr Gatte, der gerade die Zeitung las. Frau von Goldegg fuhr fort: „Ich glaube, dass sie einen sehr guten Einfluss auf Peter hat. Möglicherweise hängen seine verbesserten Schulleistungen mit ihr zusammen? Vielleicht schreiben sie sich manchmal? Sie wäre genau die richtige Frau für ihn.“ – „Mhm“, antwortete ihr Mann. Mir wäre fast das Geschirr aus der Hand gefallen. Zum ersten Mal verspürte ich so etwas wie Eifersucht, gnadenlose Eifersucht. Den ganzen Tag verbrachte er mit ihr, sie spielten Tennis und gingen schwimmen und miteinander spazieren. Sie war wie eine Klette. Immer kam sie und sagte „Hallo, Peter!“ und nahm ihn sogar bei der Hand. Ich weinte nun oft abends und kam mir völlig überflüssig vor. Da nützten auch die Bücher nichts, die er mir immer wieder heimlich vor meine Zimmertür legte.

Peter schien von meinem Stimmungswandel gar nichts mitzubekommen, so sind eben die Männer. Er lächelte mich weiterhin manchmal an oder hielt mir in einem unbeobachteten Moment die Tür auf, wenn ich mit einem großen Tablett unterwegs war. Aber eine Person bemerkte die Situation und durchschaute sie voll und ganz: Auguste. Wir Frauen haben eben ein Gespür für alles Zwischenmenschliche und im Gegensatz zu seiner Mutter, die nie auch nur geahnt hätte, dass Peter eine fast schon freundschaftliche Beziehung zu einem Dienstmädchen pflegte, witterte Auguste Gefahr. Denn obwohl Peter sehr viel Zeit mit ihr verbrachte, behandelte er sie immer nur wie eine gute Freundin, nie aber wie eine Frau. Ich weiß nicht, wann es anfing, aber irgendwann begann Auguste, mich zu drangsalieren. Einmal stellte sie mir unauffällig ein Bein, so dass mir einige Teller auf den Boden fielen und dort scheppernd zerbrachen. Ein anderes Mal fehlte das Besteck, das ich schon gedeckt hatte. Anfangs dachte ich noch an einen Zufall, aber bald bemerkte ich, wer hinter den Gemeinheiten stand. Vor allem, weil sie sich jedes Mal laut ereiferte: „Frau von Goldegg, Ihr Dienstmädchen ist so ungeschickt! Warum suchen Sie sich nicht ein anderes?" Frau von Goldegg lächelte dann müde, das Personal war nicht ihre Zuständigkeit. Frau von Pegger kümmerte sich normalerweise darum, sie wollte nur ihre Ruhe haben. „Ach, Auguste, sie stammt aus einem Bergdorf und ist nur eine Aushilfe, was will man da erwarten!", antwortete sie dann gnädig.

Aber Auguste schien das nicht zu reichen. Nach ein paar Versuchen, mich unmöglich zu machen und so meinen Rausschmiss zu provozieren, rief sie eines Tages plötzlich während meiner Anwesenheit: „Dieses Mädchen soll sich sofort bei mir entschuldigen! Sie ist eine Diebin!" Dieses Mal legte Herr von Goldegg sogar seine Zeitung weg. Das ging ihm nun wirklich zu weit. „Was ist denn los?", fragte er unwillig. „Ich finde meine goldene Brosche nicht mehr, nur sie kann sie gestohlen haben!", fauchte sie. Da schien Peter plötzlich ein Licht aufzugehen. Es war ihm wohl schon seltsam vorgekommen, dass mir nun dauernd etwas Komisches passierte, aber so eine kriminelle Handlung traute er mir wohl kaum zu. Ohne ein Wort entfernte er sich vom Esstisch. „Hast du die Brosche gestohlen, Mädchen?", fragte mich Herr von Goldegg mit düsterem Blick. Endlich einmal sah er mir direkt ins Gesicht. „Nein, Herr von Goldegg", antwortete ich, „ich habe noch nie im Leben etwas gestohlen. Es muss sich um einen Irrtum handeln." – „Irrtum?", kreischte Auguste. „Dann gehen wir doch in ihr Zimmer und untersuchen es!" Und schon stand sie auf und rannte die Treppen hinauf. Seufzend folgte ihr Herr von Goldegg, ich machte es ihm nach und lief hinter ihnen her. In meinem Zimmer schien sich Auguste bestens auszukennen, zielstrebig rannte sie zu meinem Bett und hob das Betttuch auf. Etwas verwirrt stellte sie fest, dass sich dort nichts befand, und durchwühlte nun mein Kissen, da kam plötzlich Peter mit einer Engelsmiene im Gesicht und der Brosche in der Hand und sagte freundlich: „Schau mal, liebe Auguste, das habe ich auf der Treppe gefunden! Du musst die Brosche dort verloren haben!" Auguste kannte sich zuerst nicht mehr aus, ich aber war Peter unendlich dankbar. Er hatte die

Bosheit von Auguste durchschaut und war mir zu Hilfe geeilt. Auch die dumme Auguste schien so langsam zu bemerken, was geschehen war. Dann ging Peter noch einen Schritt weiter: „Du solltest dich bei Anna entschuldigen, sie ist schon länger bei uns im Dienst und sehr fleißig. Das hat sie nicht verdient." Offensichtlich stolz auf seinen edelmütigen Sohn forderte nun auch Herr von Goldegg Auguste dazu auf, sich bei mir zu entschuldigen. Diese aber schleuderte die Brosche auf den Boden und verließ schäumend vor Wut im Eiltempo das Haus. „Was war denn?", fragte Frau von Goldegg nachher. „Ach, nichts", antwortete ihr Mann, „Auguste verträgt wohl die Hitze nicht."

Ich war maßlos verärgert. An diesem Abend war ich unglücklich und gleichzeitig glücklich – Peter hatte mich gerettet, aber fast hätte mich Auguste aus dem Haus bugsiert. Diese dumme Kuh! Peter spielte sicher wieder gerade mit ihr Tennis. Was fand er nur an ihr? Da kam mir ein Gedanke: Wie du mir, so ich dir! *Du musst bedenken, meine liebe Martina, ich war sechzehn, und in diesem Alter hat man oft die seltsamsten Ideen.*

Es gab einen Jungen, der arbeitete in der Nachbarschaft als Hausmeister in einem Gasthaus, und schon öfters hatte er mir schöne Augen gemacht. Vielleicht konnte ich Peter eifersüchtig machen? Dann würde er mich wohl wieder beachten! Ich ging also abends wie zufällig am Weg neben dem Gasthaus vorbei. Es war Sommer und nach acht noch taghell. Ich setzte mich auf eine Bank nicht unweit vom Gasthaus und wartete ab, was passieren würde. Und siehe da, nach nicht einmal zehn Minuten kam Schorsch, so hieß der Junge, zu mir herüber. „Hallo, Anna", er freute sich sichtlich, „was machst du denn da?" – „Nichts, ich bin nur etwas spazieren gegangen und gehe jetzt wieder weiter", antwortete ich. „Kann ich dich begleiten?" – „Musst du nicht arbeiten?" – „Nein, ich habe gerade frei. Der Küchenjunge hat mir gesagt, dass die Anna da draußen sitzt – so eine Überraschung!" Wir gingen nebeneinander her, ich wusste eigentlich nicht recht, was ich sagen sollte. Vielleicht war das doch keine so gute Idee gewesen, Schorsch war ja ganz nett, ich wollte nicht gemein mit ihm sein. Ich nahm mir vor, nach diesem Abend nie mehr zu kommen – was war mir da nur eingefallen? Aber in vielen Büchern machten es die Frauen genau so, und es funktionierte immer.

„Anna, du sagst ja gar nichts, ist alles in Ordnung?" – „Doch, ich bin nur müde, jetzt gehe ich wieder heim." Er sah mich nun sehr unwillig an. „Wie, du kommst plötzlich, dann gehst du wieder, was soll das denn?" Abrupt blieb er vor mir stehen, und ich prallte mit voller Wucht auf ihn, weil ich auf dem schmalen Steig dicht hinter ihm hergegangen war. „Anna", meinte er freundlich, „ich mag dich, das hast du vielleicht schon bemerkt. Und ich weiß, dass du meine Gefühle erwiderst, liebe Anna." Er sah mich verliebt an, ich aber dachte: Oh nein, was habe ich da angestellt? So dumm war ich mir in meinem ganzen Leben nicht vorgekommen. Wie sollte ich aus diesem Schlamassel wieder herauskommen? Er nahm meine Hand und legte den Arm um meine Schulter und zog mich an sich. Er sah sehr sympathisch aus mit seinen blonden Haaren und seinen Sommersprossen. Aber ich war nun mal eben in Peter verliebt und nicht in Schorsch. „Schorsch …“, begann ich, doch er küsste mich bereits zärtlich auf die Wange. Ich wehrte ihn ab, er war nicht grob, aber er glaubte wirklich, ich würde mich nur zieren. „Nein, Schorsch“, sagte ich nochmals mit entschlossener Stimme. Er sah mich verständnislos an. Ich drehte mich um und wollte gerade gehen, und dann passierte es: Mit einem Mal stand Peter zwischen uns, mit bösen dunklen Augen, die Wangen vor Aufregung gerötet. „Was geht hier vor?“, fragte er mit bebender Stimme. „Nichts“, antwortete ich und wollte gehen, doch er hielt mich fest. „Wolltest du das, Anna? Ist das dein Freund?“, fragte er leise, und ich antwortete mit fester Stimme: „Nein!“ Das hätte ich wohl nicht sagen sollen, denn Peter missverstand die Situation völlig. Er versetzte dem armen Schorsch einen derartigen Schlag, dass dieser umfiel. Als er sich wieder aufrappelte, stieß er ihn erneut zu Boden. „Lass Anna in Ruhe, du … Wicht, sie arbeitet für uns und steht unter meinem Schutz, lass sie ja in Ruhe und fass sie nie mehr an!“ Ich sagte die ganze Zeit „Aber nein, nein!“ und zog an Peters Ärmel, doch er schüttelte mich ab und nach einem dritten Schlag zog er mich einfach mit sich fort. Ich fühlte mich schrecklich – Schorsch tat mir leid, was mochte er sich bloß denken? Während Peter mich so fortzog, als wäre ich eine Puppe, blieb ich plötzlich stehen. „Ich bin nicht dein Eigentum!“, schrie ich ihn an, „Schorsch war nett, das hättest du nicht tun sollen!“ Peter sah mich nun so zornig an, dass ich dachte, er würde gleich wieder zu

Schorsch zurückrennen und nochmals zuschlagen. „Ach so, dann habe ich euch wohl doch gestört! Was sollte ich auch von einem Dienstmädchen erwarten!“ Da geschah es – ich gab ihm eine Ohrfeige, klatsch, mitten ins Gesicht, so wie man es aus Filmen kennt. Wir waren beide ganz erstaunt danach, er hätte sich das wohl nicht erwartet und auch ich wunderte mich über mich selbst. Ich fasste mich dann als Erste und schrie: „Und du, mit deiner dummen Auguste, das hätte ich auch nicht von dir gedacht, dass du dir so eine dumme Kuh aussuchst!“ Tränen brannten in meinen Augen, und bevor er noch etwas sagte, rannte ich davon. Es war nicht besonders gut gelaufen, aber mein Eifersuchtsexperiment hatte wohl geklappt.

*

In den nächsten Tagen war er sehr beleidigt mit mir. Er siezte mich bei Tisch und ging mir dauernd auf die Nerven. „Anna, geht das nicht ein bisschen schneller?“ und „Anna, Sie haben wieder den Tisch falsch gedeckt!“ Ich begann, ihn fast zu hassen. Einmal, als niemand uns sah, packte er mich am Arm und flüsterte in mein Ohr: „Und, wie geht es Schorsch? Lernst du mit ihm auch so fleißig wie mit mir?“ Hochrot vor Zorn war ich dann, und zum ersten Mal verschüttete ich absichtlich etwas bei Tisch, und zwar genau auf Peters weiße Tennishose. „Oh, pardon, Herr von Goldegg“, hauchte ich. Peters Eltern schüttelten nur den Kopf und sehnten sich Maria herbei. Peter aber rannte mir nach und rief: „Bitte putzen Sie meine

Hose gleich, ich muss mit Auguste Tennis spielen!" So ging das einige Tage lang, wir waren beide verärgert und er glaubte doch tatsächlich, dass ich mit Schorsch etwas hätte, und ich, dass er und Auguste ein Liebespaar wären. Wenn sie da war, genoss sie unseren Zwist sichtlich und Peter nahm manchmal sogar ihre Hand, wenn ich in der Nähe war.

Einmal trieb er es dann doch zu weit. Seine Eltern waren bereits ins Haus gegangen, weil es etwas windig war, da zog er die glückselige Auguste an sich heran und gab ihr vor meinen Augen einen dicken Kuss auf die Wange. Das war zu viel für mich. Ich ließ alles stehen und liegen und rannte in die Küche und weinte, weinte, weinte. Ich hatte den Kampf um Peter anscheinend verloren, und das war schrecklich für mich. Sie hatte anscheinend nichts von alledem bemerkt, aber Peter kam bald darauf in die Küche und sah mich weinen, bitterlich weinen. Auf einen Schlag wurde sein böses Gesicht ganz weich. „Anna, Anna, ich …" – „Geh zu deiner Auguste", schluchzte ich, da kam er her und sah mich fragend an. „Und dein Schorsch?" – „Es ist nicht mein Schorsch, ich habe keinen Schorsch, ich fand es nur falsch, dass du ihn geschlagen hast, den Armen. Ich kann mich selbst wehren, ich war gerade dabei, ihm zu erklären, dass ich nichts mit ihm zu tun haben will." Ich weinte weiter, und da nahm er mich in den Arm. „Ach, Anna, wie sind wir doch beide dumm", meinte er. Ich spürte seine Wärme, seine Nähe, und glaubte fast zu zerspringen. Es war mir alles zu viel, so rannte ich schnell hinaus aus der Küche, hinauf in meine Kammer.

Die nächsten Tage war er wieder wie immer, nur die plötzlich verschmähte Auguste war unausstehlich und kannte sich nicht mehr aus.

Nach zwei Tagen fand ich einen Zettel in meinem Zimmer mit den Worten: „Ich muss mit dir sprechen. Um halb neun am Waldrand. Peter." Am Waldrand? Was sollte ich da tun? Nein, das kam mir komisch vor, da wollte ich nicht hin, nicht um halb neun Uhr abends. Ich reagierte nicht auf die Botschaft und tat so, als hätte ich sie nicht gelesen. Auch Peter benahm sich ganz normal, was er sich dachte, weiß ich nicht.

Abends ging ich nach der Arbeit manchmal alleine die Wiese hinter dem Haus entlang spazieren. Einmal, es war Anfang August, wanderte ich ein bisschen weiter fort als sonst, weil ich so durcheinander war. Ich konnte meine Gefühle nicht mehr einordnen. Ich mochte Peter und durch diese Schorsch-Auguste-Geschichte hatte ich bemerkt, dass ich ihm auch nicht egal war. Wie sollte das alles weitergehen? Halb neun am Waldrand – das fand ich nicht gut. Plötzlich fing es an zu regnen, ein paar Tropfen erst, dann schüttete es wie aus Kübeln. Ich hatte keinen Regenschirm und rannte, so schnell ich konnte, nach Hause. Da plötzlich spürte ich eine Hand, Peter tauchte wie aus dem Nichts auf und zog mich mit sich fort, unter einen großen Baum. „Anna, sei nicht dumm, du kannst nicht den weiten Weg nach Hause laufen! Da wirst du dich erkälten, komm warte hier mit mir!" Ich willigte ein und stellte mich nahe an ihn. Ich wusste nicht, was ich ihm sagen sollte, deshalb schwieg ich. „Anna, warum bist du nicht gekommen?"

Ich schwieg immer noch, zu neu war das alles für mich, zu ungewohnt. Wir standen unter dem Baum, es war eine riesige Fichte, die uns vor dem Regen schützte, dann passierte es, es musste ja mal passieren, er legte den Arm um meine Schulter, ich lehnte mich an ihn, dann küsste er mich, mitten auf den Mund, mein erster Kuss, und er schmeckte so gut, und wir lagen uns in den Armen, ich strich ihm durchs Haar, das so feucht war und so schwarz wie die Nacht, die uns umgab, dann lagen wir plötzlich auf dem feuchten Boden, und berührten uns, und mehr sage ich nicht, das geht dann doch zu weit.

Nie hätte ich geglaubt, dass Liebe so schön sein kann und so unbegreiflich und so unwirklich, ich schwebte und sah in seine Augen, seine blauen Augen.

Nachher lag er auf dem weichen Waldboden, mit seinem Kopf auf meinem Schoß und wirkte glücklich und traurig zugleich, und auch ich fühlte mich erleichtert und gleichzeitig völlig mutlos, weil ich nicht wusste, wie das nun weitergehen sollte. Ich wusste, dass wir etwas Unrechtes getan hatten, aber ich fühlte auch, dass es so sein musste und dass wir zueinander gehörten. Schließlich standen wir auf, keiner von uns sagte ein Wort, Hand in Hand gingen wir nach Hause, erst ein paar Meter vor dem Eingang trennten wir uns.

Noch öfters haben wir uns getroffen, und es war jedes Mal noch schöner als beim vorigen Treffen. Ich hatte Angst, keine Luft mehr zu bekommen und an meinem Glück zu ersticken. Lieber Gott, betete ich, lass diese Liebe nie aufhören! Nachdem wir uns geliebt hatten, saßen wir nebeneinander und unterhielten uns lange und ich beichtete ihm, dass ich ihn immer schon geliebt hatte. Er streichelte meine offenen Haare und beteuerte mir, dass ich schön sei und gescheit, wenige Mädchen wären so. Und dann lachte er wieder und hob mich hoch und schleuderte mich durch die Luft, er fühlte sich als Mann und wollte die ganze Welt bezwingen. Der weiche Boden war unser Bett, wir brauchten keine Kissen und Decken, wir genügten uns ganz.

Peter war so ein außergewöhnlicher Mensch. Er war schön, so schön mit seinen Augen und seinem fast schwarzen Haar. Er wusste, wer er war und war stolz auf seine Herkunft, gleichzeitig störten ihn die Grenzen, die ihm dadurch gesetzt waren. Er war nicht dumm, aber er mochte die Schule immer noch nicht und war sehr froh darüber, dass er in den Sommerferien gar nichts zu lernen brauchte.

Manchmal sprachen wir über Politik, über die derzeitige Lage in Südtirol, und da wurden seine Augen ganz schmal und böse. Er mochte die Italiener nicht und schimpfte immer wieder über sie. Die politische Lage war im Jahre 1928 auch wirklich nicht rosig. Unsere Rechte waren in den letzten Jahren deutlich geschmälert worden, kein Deutsch mehr in der Schule, kein

Deutsch mehr in öffentlichen Ämtern, keine gewählten deutschen Bürgermeister. Viele Menschen, die vorher im öffentlichen Dienst tätig gewesen waren, mussten jetzt beinahe am Hungertuch nagen. Stattdessen kamen immer mehr Italiener zu uns, die vielfach selbst nicht genau gewusst hatten, was sie hier erwarten würde. Die lokalen Sicherheitskräfte benahmen sich oft respektlos gegenüber den Einheimischen, und gar mancher traute sich kaum noch, laut und selbstbewusst seine deutsche Muttersprache zu verwenden. Ich persönlich hatte eigentlich keine großen Probleme, da ich das Glück hatte, sehr gut Italienisch zu sprechen und zu jener Zeit nie in Berührung mit unangenehmen Situationen kam. Das sollte erst später geschehen.

Ich lernte Peter in dieser kurzen Zeit unserer Liebe fast täglich besser kennen. Er erzählte mir von seiner Kindheit, von seinen Sommeraufenthalten bei seiner Großmutter mütterlicherseits in Kärnten, von seiner ersten Liebe und auch von Auguste. „Sie ist nicht wie du", sagte er einmal, „aber von allen wird erwartet, dass wir zusammengehören. Unsere Familien kennen sich gut und irgendwann werde ich sie wohl heiraten müssen. Aber das will ich nicht!", sagte er entschlossen. „Hat sie denn nichts von uns bemerkt?", wollte ich wissen. Da lachte er. „Ach, Auguste ist so dumm, die merkt wohl gar nichts!" – „Habt ihr euch geküsst?" Er sah mich mit immer noch lachenden Augen an. „Ja, das haben wir, bist du eifersüchtig, Anna?" – „Ja, das bin ich. Aber nun ist das ja vorbei, dann interessiert es mich nicht mehr."

Unsere Tage waren getragen von Liebe, so großer Liebe, dass ich nicht imstande bin, sie richtig zu beschreiben. Der Ritten, diese wunderschöne Landschaft, war Kulisse und Zeuge unserer Zusammenkünfte. Irgendwann nahm ich dann ein Buch mit. Zuerst rümpfte er die Nase, doch dann saßen wir beisammen und lasen uns gegenseitig die Texte der großen Dichter vor. „Seltsam, Anna, wenn ich mit dir zusammen bin, gefallen mir sogar diese alten Werke, die mich sonst nur gelangweilt haben." Und so wechselten wir uns ab zwischen lesen, lernen, lachen und lieben.

„Anna", sagte er leise, während wir wieder einmal beisammen waren, „Anna, meine kluge, schöne Anna." Später, als wir uns seinem Hause näherten, sagte er, er wolle alles für mich tun, ich sei der wichtigste Mensch in seinem Leben, nie wäre ihm jemand wichtiger gewesen. „Ich liebe dich, Anna", sagte er und küsste mich auf den Mund.

*

Dieser Kuss blieb nicht unbemerkt. Auguste wollte gerade Peter abholen. Sie hatte seit Längerem einen seltsamen Verdacht, da er sich gar nicht mehr mit ihr traf. Nun hatte sie alles mitbekommen und war entsetzt mit hochrotem Kopf zu Peters Eltern gerannt. „Frau von Goldegg!", kreischte sie schon von Weitem. „Frau von Goldegg! Kommen Sie schnell!" Frau von Goldegg, die nach den letzten Wochen nicht mehr so sicher war, ob das wirklich die richtige Schwiegertochter für sie sei, blickte etwas genervt von ihrer Lektüre auf. „Was ist denn, Auguste?“, fragte sie mit ruhiger Stimme. „Was ist denn diesmal wieder?“ Auguste konnte sich kaum beherrschen. „Peter und – das Dienstmädchen“, stammelte sie, „die küssen sich vor der Tür!“ Frau von Goldegg fehlten die Worte, ihr Mann aber erhob sich nun mit strengem Gesichtsausdruck, um nachzusehen, was da los war. Er zog seine Jacke an und ging langsam hinaus ins Dunkle.

Mochte das dumme Mädchen wirklich Recht haben? Nicht auszudenken – mit dem ungeschickten Dienstmädchen! Er wusste eigentlich nicht genau, wo er suchen sollte, deshalb begab er sich zum Glück genau in die entgegengesetzte Richtung. So konnte er uns erst finden, als wir uns im Foyer des Hauses verabschiedeten. Wir wurden durch seine tiefe Stimme unterbrochen: „Mädchen, geh sofort in dein Zimmer!“, sagte Herr von Goldegg drohend. Ich erschrak fast zu Tode, und auch Peter hatte nicht damit gerechnet. Schnell lief ich fort, die Treppen hoch in meine Kammer, vorbei an der heulenden Auguste und der verwunderten Mutter.

Peter erzählte mir später, was dann passierte: Er hatte keinen anderen Ausweg gewusst, als seinem Vater zu erzählen, dass wir immer gemeinsam gelernt hätten. „Deshalb habe ich so große Fortschritte gemacht, Vater, Anna hat mir Nachhilfe gegeben. Dafür durfte sie meine Bücher ausleihen. Sie ist ein blitzgescheites Mädchen.“ – „Und deshalb hast du sie geküsst?“ – „Geküsst? Wer sagt das? Vielleicht wieder einmal

Auguste?“ Nun schrie er sie an: „Warum machst du das, Auguste? Zuerst sagst du, dass sie stiehlt, nun sagst du, wir küssen uns. Was soll das? Anna ist meine Nachhilfelehrerin, sonst nichts!“ – „Pah“, meldete sich nun Auguste, „Nachhilfelehrerin! Dieses ungebildete Dienstmädchen aus irgendeinem Kaff! Was hat sie dich denn gelehrt?“ – „Alles, Latein und Italienisch, sie kann einfach alles.“ Auguste war ganz rot vor Zorn geworden. „Und das sollen wir dir glauben? Hol sie doch her, sie soll zeigen, was sie kann!“ Peters Vater war die Szene wahrscheinlich peinlich, doch er widersprach Auguste: „So ein Blödsinn! Los, Peter, lüg uns nicht an! Das ist doch verlorene Zeit. Steh doch zu deinen Taten und blamiere das Dienstmädchen nicht unnötig!“ Doch Peter ließ sich nicht beirren: „Ich lüge nicht, Vater, Anna ist sehr schlau – lass sie es dir beweisen!“ Da seufzte Herr von Goldegg und ließ mich schließlich doch rufen. Er musste der Sache nun wohl auf den Grund gehen.

Als an meine Tür gepocht wurde, erschrak ich. „Anna, du sollst sofort zum gnädigen Herrn gehen!“, herrschte mich der Hausdiener an. Ich ordnete meine zerzausten Haare und strich meine Schürze glatt. Ich hatte Angst, dass man mir ansehen würde, was erst vor einer halben Stunde geschehen war. Schüchtern klopfte ich an und betrat dann den Salon. Da waren sie alle – Peter, Auguste, Herr von Goldegg und seine Frau. Niemand bot mir einen Platz an, so blieb ich in der Mitte des Raumes stehen. Wie die Angeklagte im Gerichtssaal kam ich mir vor.

„Peter hat mir gesagt, dass du ihm Nachhilfestunden gegeben hast, stimmt das?“, brach Herr von Goldegg das Schweigen und sah mich dabei abfällig an. Nachhilfe von einem Dienstmädchen, das konnte er nun wirklich nicht glauben, noch dazu in unserer turbulenten Zeit. Doch er ging den Dingen immer auf den Grund und wollte seinen Sohn nicht ohne Beweis einer Lüge bezichtigen. „Ja“, antwortete ich nun mit fester Stimme, „das stimmt. Wir haben täglich miteinander gelernt und geübt. Der junge Herr lernt schnell und ist nun ein richtig guter Schüler geworden.“ Herr von Goldegg glaubte mir kein Wort, das konnte ich seinem Gesichtsausdruck ansehen. Er wollte nur die unangenehme Situation so schnell wie möglich hinter sich bringen.

„Nimm dieses Buch“, forderte er mich gelangweilt auf, „übersetz mir das!“ Mit diesen Worten reichte er mir ein Lateinbuch. Er glaubte uns wohl immer noch nicht, wollte uns auch nicht glauben. Ich übersetzte den einfachen Text mühelos und schwieg dann. Herr von Goldegg sah mich an, dann fragte er: „Wo hast du Latein gelernt? Du stammst doch aus einer armen Familie, aus einem kleinen Dorf?“ – „Zu Hause, in meinem Dorf, der Herr Pfarrer hat mir Bücher geliehen, es waren leider nur sehr wenige Bücher da.“ Herr von Goldegg sah mich eindringlich an. Er schien irgendwie doch beeindruckt. Doch das genügte ihm noch nicht. Er fing an, sich mit mir auf Italienisch zu unterhalten. Er verwendete die Sprache der verabscheuten neuen Herrscher unseres Landes nur selten. Nach wenigen Sätzen merkte er, dass ich auch das gut beherrschte. Nun setzte er die Unterhaltung auf Deutsch fort, er wollte wohl hören, ob ich gut und gewählt Hochdeutsch spräche, und das war für mich ebenfalls kein Problem. „Wer hat dir beigebracht, dich so gut auszudrücken?“ – „Ich habe viel gelesen, Herr von Goldegg, immer schon.“ – „Du sprichst auch fließend Italienisch, sehe ich?“ – „Ja, Herr von Goldegg, ich hatte einen guten Lehrer.“ Er fragte mich noch ein paar Belanglosigkeiten auf Italienisch, dann rümpfte er die Nase. Sein Sohn hatte die besten Schulen im Lande besucht und war nicht annähernd so beredt wie ich, in keiner Sprache.

Schließlich ließ er Peter, der mich die ganze Zeit lang aufmunternd angesehen hatte, noch ein Mathematikbuch holen, Algebra und Arithmetik. Diesmal war er nicht so herablassend und forderte mich dazu auf, eine Gleichung zu lösen. Das war zwar schwieriger für mich, doch ich schaffte auch das. Auguste sah mir die ganze Zeit entgeistert zu. Das hatte sie wohl nicht erwartet. „Mathematik kannst du also auch“, stellte er fest und fragte dann mit immer tonloserer Stimme: „Warum?“ – „Das hat Peter mir beigebracht“, antwortete ich, „Mathematik kann er ja so gut.“ Er hatte genug gesehen. „Du bist ein hochintelligentes Mädchen“, stellte er fest, „warum besuchst du keine höhere Schule?“ Im selben Moment schien er sich auf die Zunge zu beißen, zu offensichtlich war die Antwort. „Nein nein, sag nichts, es ist gut. Geh wieder auf dein Zimmer. Nur noch eine Frage: Was ist zwischen Peter und dir?“ Ich sah Peter an, er schüttelte unmerklich den Kopf, und ich verstand, dass es besser war, die Wahrheit zu verschweigen. „Herr von Goldegg ist sehr begabt und ich lerne gerne mit ihm", sagte ich und sah ihn unschuldig an. Und da mir keine weiteren Fragen gestellt wurden, verließ ich wortlos den Raum.

Die nächsten Wochen waren wie das Paradies auf Erden für mich. Da Herr von Goldegg nun erkannt hatte, dass ich nicht nur für Abstauben und Putzen zu brauchen war, durfte ich nun mit seinem Segen mit Peter lernen. Auch als die Schule wieder begann und wir alle wieder in Bozen weilten, übte ich täglich mit ihm. Sein Vater sah ein, dass Peter mein Einfluss offenbar gut tat. So musste ich nur mehr vormittags einige Stunden lang bei der Bügelwäsche helfen, die restliche Zeit stand mir für das Studium mit Peter und für die Vorbereitung zur Verfügung. Dass wir diese Stunden nicht nur für die Bücher nützten, ist wohl klar. Wir konnten uns endlich unversteckt unterhalten, das war schon etwas Besonderes für uns. „Anna", sagte Peter manchmal verträumt, „vielleicht hat er doch nichts gegen unsere Liebe." Doch er schaute mich dabei immer so wehmütig an, dass ich merkte, dass er selbst kein Wort davon glaubte. Ich übrigens auch nicht. Darum wollte ich die Zeit, die wir hatten, voll auskosten. Ich hatte immer ein schlechtes Gewissen dabei, da ich Herrn von Goldegg nicht gerne hinterging. Aber ich war mir sicher, dass er unser Verhältnis nicht billigen würde.

Was mich ein bisschen nervte, war, dass Herr von Goldegg manchmal bei privaten Feiern mit seinen Freunden mit mir angab. „Ihr werdet es nicht glauben, aber dieses kleine Mädchen aus den Bergen kann besser Latein als so mancher von uns", begann er meistens. Dann musste ich einen Text übersetzen und den Herren Rede und Antwort stehen. Es schien wirklich seltsam zu sein, dass ein Bauernmädchen intelligent war. Ich mochte diese Szenen nicht besonders, aber ich sagte nichts, da ich mich im Haus mit Peter so wohl fühlte und Herrn von Goldegg nicht verärgern wollte. So blieb ich weiterhin dort, als Nachhilfelehrerin, Stubenmädchen und Freundin von Peter.

Leider dauerte diese wunderbare Zeit nur ein paar Wochen.

In flagranti wurden wir erwischt, ausgerechnet von Frau von Pegger. Kreischend lief sie aus dem Zimmer hinaus und berichtete alles brühwarm Peters Vater, der gerade mit seiner Gattin im Salon weilte. Peter schaute mich ernst an, dann zog er sich an, umarmte mich kurz und lief zu seinem Vater hinunter, mit entschlossenem Blick. Vielleicht dachte er in diesem Moment wirklich, dass Herr von Goldegg mit einer gemeinsamen Zukunft von uns beiden einverstanden sein könnte. Mehr weiß ich auch nicht. Was genau dann Peter und sein Vater miteinander gesprochen haben, weiß ich bis heute nicht. Ich habe sie schreien hören, alle beide, ganz laut schreien. „Aber sie ist sehr gescheit!", verstand ich einmal. Dann riefen sie sich wieder gegenseitig laute Worte zu, die ich nicht verstand. Zwischendurch hörte man Peters Mutter weinen. „Ein Dienstmädchen!", hörte ich immer wieder. Niemals hätte ich mich hinuntergetraut. Maria fragte mich, was denn los sei, doch ich weinte nur und konnte nicht mehr aufhören. Das Geschrei ging noch lange weiter, einmal hörte ich sogar einen Schlag, dann knallte eine Tür. Peter hatte wohl das Haus verlassen. Ich weinte mich in den Schlaf.

Am nächsten Morgen wachte ich mit roten Augen auf. Schon vor sieben Uhr klopfte es an meine Tür. „Anna, du sollst zum gnädigen Herrn kommen!", rief der Hausdiener. Ich lief schnell hinunter, mein Herz klopfte bis zum Hals und ich klopfte an. Herr von Goldegg ließ mich eintreten, ich sah ihm an, dass auch er kaum geschlafen hatte. „Anna Pircher", begann er, „was hat mein Sohn mit dir getrieben? Stimmt das, was ich von Frau von Pegger hören muss?" Ich wagte es nicht, ihm in die Augen zu sehen, als ich antwortete: „Bitte fragen Sie das nicht, Herr von Goldegg. Ich liebe Ihren Sohn, das ist alles." Er schien mit meiner Antwort nicht zufrieden zu sein, denn er polterte: „Liebe! Das sagt sich so leicht! Wie alt bist du denn überhaupt!" – „Sechzehn", antwortete ich schüchtern. Herr von Goldegg sah mich angewidert an: „Du bist ja noch fast ein Kind", wetterte er vorwurfsvoll, „und noch dazu ein Dienstmädchen! Was verstehst du schon von Liebe? Hatte eure … gemeinsam verbrachte Zeit Folgen?" Ich sah ihn verständnislos an. Er wiederholte die Frage, nun deutlicher: „Erwartest du ein Kind, Anna Pircher?" – „Nein!", rief ich. Nun sah er schon etwas beruhigter aus. Aber eines wollte er noch wissen: „Hast du das auch schon mit anderen getan?" Ich schaute ihn entsetzt an. „Nein!", schrie ich fast. Er schüttelte den Kopf, zu enttäuscht war er von seinem Sohn. Daraufhin schickte mich Herr von Goldegg fort. „Geh in dein Zimmer, ich werde dich später nochmals rufen lassen", befahl er und drehte sich um. Ich gehorchte und weinte dort bis zum Abend weiter. Peter bekam ich an diesem Tag nie zu Gesicht. Und nicht nur an diesem Tag.

Am nächsten Tag ließ mich Herr von Goldegg ein letztes Mal rufen. „Ich ahnte es immer schon, dass ihr beide nicht nur gute Freunde seid, ich wollte es nur nicht glauben. Du passt nicht in unsere Familie, Anna, und das weißt du bestimmt. Du kannst Peter die Zukunft jetzt nicht verbauen, das verstehst du doch, oder?" Ich nickte nur sehr schwach. Ich war überzeugt davon, dass er Recht hatte, dass ich nicht gut genug für Peter war, aber ich war trotzdem tieftraurig, da ich ihn wirklich über alles liebte. Und ich hatte ihn seit Frau von Peggers Entdeckung nicht mehr gesehen. Er schien sich dem Willen seines Vaters also gefügt zu haben, und auch das versuchte ich zu verstehen, aber es schmerzte ungemein.

„Anna, ich habe eine Entscheidung für dich getroffen", fuhr Herr von Goldegg fort, „du bist das klügste Köpfchen, das ich je kennen gelernt habe. Ich hätte nie geglaubt, dass ein Dienstmädchen so blitzgescheit sein könnte wie du. Die wichtigste Aufgabe einer Frau ist es, Hausfrau und Mutter zu sein, aber trotzdem glaube ich, dass du eine Ausbildung verdienst. Deshalb habe ich dich in einem Internat im Trentino anmelden lassen. Mit deinem Wissen und deiner Intelligenz kannst du dort ruhig hingehen, ich zahle so lange, bis du die Schule abgeschlossen hast." Ich sah ihn entgeistert an. Eine Ausbildung? Für mich? „Anna", sagte er weiter, „ich weiß, dass deine Familie dich nicht finanziell unterstützen kann. Ich habe schon alles in die Wege geleitet, noch heute Abend fährst du. Du musst nur eine Prüfung ablegen, aber das ist für dich ja sicher kein Problem. Du wolltest ja immer Lehrerin werden, hat Peter mir gesagt, und dass du das Zeug dazu hast, habe ich gesehen. Peter hat eingewilligt, vernünftig zu werden, sobald er gehört hat, was aus dir wird. Nutze diese Chance, Anna!" Ich war fassungslos. Peter hatte sich für mich eingesetzt, aber auch unsere Beziehung geopfert! „Aber du musst mir dafür versprechen, dass du Peter nie mehr sehen wirst." Er sah mich auffordernd an. Ich sagte nichts. Dann flüsterte ich fast: „Und Peter? Will er es wirklich so?" Herr von Goldegg sah mich ernst an. Er schien zu überlegen, dann antwortete er: „Ja, Anna. Er hat eingesehen, dass er nicht mit einem Mädchen deiner Herkunft zusammen sein kann. Schau, wir sind eine Familie von altem Bozner Adel, da müssen wir uns nach unseren Wurzeln richten. Noblesse oblige, mein Kind, und Peter hat vollends eingesehen, dass er dich nie zur Frau nehmen kann. So, und nun packe, du wirst mit dem Abendzug zu deinem neuen Zuhause gebracht." Damit machte er kehrt und verließ den Raum.

Ich aber war untröstlich. Peter – ich hatte geglaubt, dass er mich wirklich liebte! Insgeheim hatte ich niemals zu hoffen gewagt, dass er sich für mich offiziell entscheiden würde, aber trotzdem …

Zumindest hatte er sich um meine Zukunft gekümmert … Ich lief nach oben und packte.

Jetzt erst recht, dachte ich, ich schaffe es auch ohne dich, Peter! Ich denke jetzt an mich, nur noch an mich!

Ich sah ihn nicht mehr und traute mich auch nicht, nach ihm zu fragen. Ich schwankte zwischen Wut und Trauer – ich liebte ihn eben, meinen Peter.

Frau von Pegger sah mich weiterhin vorwurfsvoll an, äußerte aber keine Silbe. Sie schien es mir nicht zu gönnen, dass ich zuerst den Sohn des Hauses verführte und dann auch noch mit einer Ausbildung dafür belohnt wurde. Ich wollte noch kurz sein Zimmer sehen, aber es blieb verschlossen. Ich hatte keine Ahnung, wo er war, und hasste ihn und gleichzeitig sehnte ich mich nach ihm. Die anderen Dienstmädchen schwiegen zuerst noch, wie es ihnen von der Hausdame aufgetragen worden war, doch als sie merkten, wie schlecht es mir ging, kamen sie zu mir. Sie hätten gehört, dass ich ein Techtelmechtel mit dem jungen Herrn hätte, ob das stimme? Ich antwortete nicht, sondern weinte nur noch umso mehr. Damit waren sie zufrieden, und von nun an standen sie mir die letzten Stunden lang zur Seite. Sie halfen mir beim Packen und hielten mitfühlend meine Hand. Jede hatte schon mindestens eine unglückliche Liebe hinter sich, und dass es ausgerechnet Peter war, empfanden sie einfach als Pech.

„Was lässt du dich auch mit so einem noblen Herrn ein“, schimpften sie anfänglich, „der nutzt dich doch nur aus!“ Doch ich verneinte, wollte und konnte das nicht glauben, auch heute noch nicht. Durch die zwei Mädchen, die Vater und Sohn das Frühstück um sechs Uhr serviert hatten, erfuhr ich nach und nach, was geschehen war. Peter war von seinem Vater in aller Herrgottsfrühe in ein Internat nach Mailand geschickt worden. Die beiden hatten auch noch morgens gestritten und geschrien und sich böse Dinge an den Kopf geworfen. Die Mädchen meinten, sie hätten gehört, dass er ihn enterben würde, die andere glaubte zu wissen, dass er ihn aus dem Hause werfen wollte. Peter hätte vollkommen fertig ausgesehen und unglücklich und hätte seinen Vater nicht mal gegrüßt. Sie nannten Peter einen Versager, weil er nicht um seine Liebe kämpfte. Ich aber liebte ihn trotzdem noch und verteidigte ihn vor den anderen. Er war der einzige Sohn seiner Eltern, er konnte nicht die Familienehre aufs Spiel setzen und seine Existenz gefährden, das leuchtete mir ein. Ich war hin und her gerissen in meinen Gefühlen zu ihm.

Ich muss jetzt Herrn von Goldegg einmal verteidigen. Du denkst jetzt vielleicht, dass er ein Unmensch war, aber es waren einfach andere Zeiten. Seine Familie hatte unter dem Faschismus stark gelitten, er hatte wichtige Positionen in der Gemeinde Bozen eingebüßt. Die Familie war sehr alt und reich und er war sowieso immer eher schlecht auf seinen Sohn zu sprechen, da er sich in der Schule immer so wenig bemüht hatte. Und nun das – mit achtzehn eine Beziehung zu einem sechzehnjährigen Dienstmädchen – ich verstehe heute irgendwie, dass er so handelte. Er dachte wahrscheinlich, dass die Trennung seinen Sohn zur Besinnung brächte. Und mir gegenüber verhielt er sich sehr anständig, das muss ich sagen. Trotzdem, zu jener Zeit konnte ich nicht so denken. Die Beziehung zu Peter war nicht nur eine Liebelei für mich, ich habe diese Zeit bis heute nicht vergessen.

In den nächsten Stunden war ich immer noch sehr traurig, aber etwas besser aufgelegt. Eine Schule zu besuchen, das reizte mich sehr. Und vielleicht konnte ich Peter trotzdem sehen? Vielleicht war alles nur ein Trick von ihm, dass wir uns nahe sein konnten? Mailand und Trentino, das klang für mich sehr nahe. Hauptsache, näher bei ihm, dachte ich mir.

So war mein weiteres Schicksal wieder einmal besiegelt.

*

„Oma, das ist ja schrecklich, was du erzählst!" Martina lächelt traurig. „Was du alles hast durchmachen müssen! Ich bin auch sehr verliebt, Oma, vielleicht hast du das schon bemerkt." Anna lacht. „Lukas, der in Innsbruck mit dabei war?" – „Ja, genau, Lukas. Mein Traummann. Wir sind jetzt ein halbes Jahr zusammen. Deshalb nehmen mich deine Erinnerungen sehr mit, ich kann mir gut vorstellen, was du da durchgemacht hast."

Plötzlich sieht Martina auf die Uhr. „So, Oma, jetzt muss ich aber los! Morgen habe ich einen Zahnarzttermin um acht, ich möchte noch durchgecheckt werden vor meiner Reise. Am Samstag komme ich wieder und übernachte bei dir. Dann musst du mir deine Lebensgeschichte zu Ende erzählen."

Nachdem Martina das Haus verlassen hat, steht Anna noch lange in der Küche und sieht zum Fenster hinaus. 88 Jahre alt ist sie nun und hat so lange und intensiv gelebt, so schnell ist das alles vorbeigegangen. Liebe, Angst, Hass, Hoffnung, Trauer, alles hat sie im Leben durchgemacht, durchgefühlt.

In der folgenden Woche leidet Anna unter einer Erkältung und verlässt das Haus kaum. Die Begegnung mit ihrer Vergangenheit hat sie mehr aufgewühlt, als sie glauben mochte. Sie sehnt sich nach dem Wochenende und nach der Rückkehr ihrer Enkelin. Sie will ihr alles zu Ende erzählen und endlich Frieden schließen mit dem Gestern. Auch wenn sie es nie gedacht hätte – die alten Wunden schmerzen immer noch, nach über siebzig Jahren.

Am Samstagnachmittag kommt Martina, sie lächelt wie immer und umarmt ihre Großmutter. An ihrer Seite ist Lukas, ihr neuer Freund. „Hallo Oma, darf ich dir Lukas vorstellen, er hat mich hergefahren." Lukas ist groß und dunkelhaarig. Wie Peter, denkt Anna. Irgendwie wie Peter. Sie reicht ihm die Hand. „Ich freue mich sehr, Sie kennen zu lernen, kommen Sie doch herein!" Doch Lukas verneint, er habe keine Zeit, ein andermal gerne. Nachdem er gegangen ist, sagt Anna: „So ein hübscher Junge, Martina, ihr passt ja wunderbar zusammen. Schade, dass ihr nun bald für so lange Zeit getrennt sein werdet." Martina sieht Anna geheimnisvoll an. „Nein", sagt sie schließlich, „wir sind nicht getrennt. Lukas kommt mit. Er wird ganz in der Nähe von mir studieren, wir nehmen eine Wohnung zusammen. Ein ganzes Jahr USA zusammen – das wird bestimmt spannend! Doch Oma, erzähle mir bitte weiter, ich habe immer wieder an dich gedacht. Ich will unbedingt noch erfahren, wie es dir nach der Trennung von Peter ergangen ist." – „Möchtest du nicht zuerst noch ein Stück Kuchen essen?" „Nein, Oma, spann mich nicht auf die Folter. Erzähle mir von früher!"

Und Anna erzählt ...

*

Ich fuhr bis nach Rovereto mit dem Zug, dann holte mich ein Angestellter des Internats ab. Er hielt seine Mütze in der Hand und half mir aus dem Abteil. Er hielt mich wohl für ein reiches Mädchen, da die meisten anderen jungen Damen im Internat aus wohlhabenden Familien stammten. Spätabends, es war fast schon Mitternacht, kam ich im Institut an. Eine Klosterfrau empfing mich. Sie sah mich abfällig an. Meine Kleider waren sauber, aber einfach, anders als die der anderen Schülerinnen. Irgendwie musste sie mitbekommen haben, warum ich hier war, denn sie behandelte mich von Anfang an respektlos. Mich störte das zuerst nicht besonders, ich hatte andere Gedanken im Kopf und war in meinem Leben schon öfters schlecht behandelt worden. Ich bekam ein Zimmer gemeinsam mit einem anderen Mädchen zugewiesen, das schon tief schlief, als ich eintrat. Es war bereits spät, so packte ich auch nichts aus, sondern zog mich leise um und legte mich dann ins Bett. Ich konnte nicht schlafen, so sehr hatten mich die Ereignisse der letzten Tage aufgeregt. Und Peter – er fehlte mir, fehlte mir unendlich. Eine Trennung von einem geliebten Menschen ist wie ein kleiner Tod. Ich konnte mir damals nicht vorstellen, jemals mit jemand anderem glücklich werden zu können. Insgeheim dachte ich eben nur an ihn, immer nur an ihn.

Um sechs Uhr wurden wir geweckt, da sah ich meine Mitbewohnerin zum ersten Mal. Sie hieß Francesca, war etwas älter als ich und entstammte wie die meisten anderen Mädchen einer reichen Familie. Sie war sehr hübsch, mit roten Haaren und blauen Augen, und schaute mich verständnislos an. „Hallo", sagte sie schließlich und lächelte freundlich, „wer bist denn du? Bist du heute in der Nacht eingezogen?" – „Ja", antwortete ich, „gegen Mitternacht. Ich heiße Anna." Ich stand auf und reichte ihr die Hand. „Du bist deutsch?", fragte sie mich. Mein Italienisch war zwar sehr gut, aber bei Weitem nicht akzentfrei. Die nötige Übung fehlte mir dazu. „Schön, dass du da bist", sagte sie dann freundlich, „ich bin nicht gerne alleine." Und damit erhob sie sich gähnend und ging mit mir zu den Waschräumen. Dort waren viele Mädchen, sicher fast hundert, und erledigten ihre Morgenwäsche. Ich wurde kaum beachtet, da sich alle darauf konzentrierten, pünktlich zum Essen zu kommen. Ich bekam einen Sitzplatz neben Francesca, die sich anscheinend für mich verantwortlich fühlte und mir ihre Nachbarinnen vorstellte. Die meisten sahen mich kaum an oder nickten nur kurz. Es gab Schwarzbrot und den damals üblichen Feigenkaffee.

Um halb acht begann für alle der Unterricht. Für alle, außer für mich. Ich musste erst eine kurze Prüfung ablegen, damit ich eingestuft werden konnte. Herr von Goldegg hatte die Schule offensichtlich bereits über mich informiert, denn die Lehrer schienen sich viel von mir zu erwarten. Ich stand drei Lehrern und zwei Lehrerinnen gegenüber, die an einem langen Tisch nebeneinander saßen. „Anna Pircher“, begann jener, der genau in der Mitte saß, „uns wurde erzählt, dass du sehr klug bist. Du hast aber keine Schulzeugnisse hier. Warum?“ Ich errötete und war sehr aufgeregt. Was sollte ich nun sagen? Ich entschied mich für das Einfachste, für die Wahrheit: „Ich musste bereits im Alter von dreizehn Jahren meine Familie verlassen, um Geld zu verdienen“, begann ich, „seit meinem vierzehnten Geburtstag habe ich keine Schule mehr besucht. Ich habe bis vor Kurzem als Dienstmädchen bei einer reichen Bozner Familie gearbeitet.“ Die Lehrer schwiegen. Sie musterten mich von oben bis unten, dann fuhr der Sprecher fort: „Dies hier ist eigentlich ein Institut für höhere Töchter. Wie kommst du hierher?“ – „Herr von Goldegg, bei dem ich bisher gearbeitet habe, hat sich dafür entschieden, mir eine Schulbildung zu finanzieren, damit ich Lehrerin werden kann.“ Wieder eisiges Schweigen. Ich fühlte mich zutiefst unwohl. „Warum?“, wurde ich weiter befragt. Nun fehlten mir wirklich die Worte. Was sollte ich darauf antworten? Nein, hier war die Wahrheit nicht das Richtige. Doch auch meine Antwort schien nicht erwünscht zu sein: „Weil ich sehr klug bin“, sagte ich leise.

Nun zog ein Raunen durch den Raum. Das hatten sie sich wohl nicht erwartet. Ein Mädchen sollte ja vor allem bescheiden sein, aber ich konnte doch nicht sagen: „Weil ich von Peter, meinem Liebhaber, weg sollte!“ – Der Lehrer fing sich schnell wieder. „Soso, Anna Pircher, weil du klug bist. Gut, dann löse diese Aufgaben.“ Er ließ mich sehr einfache mathematische Gleichungen lösen, dann musste ich einen – wieder kinderleichten – Lateintext übersetzen. Dabei kritisierte er meine Aussprache, die im Italienischen ja völlig anders ist als im Deutschen, aber ansonsten war er zufrieden. Die unvermeidliche Frage stellte die Lehrerin, die neben ihm saß: „Warum kann ein Dienstmädchen Latein?“ – „Ich durfte mir bereits in jungem Alter von unserem Dorfpfarrer Lateinbücher ausleihen“, antwortete ich, „es hat mir immer schon gefallen. Auch während meiner Dienstjahre habe ich immer Bücher ausleihen und lesen dürfen, das war immer schon meine Lieblingsbeschäftigung.“ Die Lehrer sahen mich skeptisch an.

Mit meinen Italienischkenntnissen schien auch alles zu passen. Mit meinen Kenntnissen der italienischen Literatur waren sie hingegen nicht so zufrieden. Ich hatte ja vor allem deutsche Werke gelesen und war in der italienischen Literatur nicht besonders bewandert. In Geschichte schien ich sie ebenfalls nicht zu überzeugen, auch das hatte ich noch nie so eingehend behandelt. Schließlich entschieden sie sich dafür, mich meinem Alter entsprechend einzustufen. Ich dankte höflich und wollte schon den Raum verlassen, da rief mich eine der Lehrerinnen zurück. Sie schaute mich eindringlich an, bevor sie sprach: „Anna Pircher, du bist nicht dumm, das stimmt. Aber für ein Mädchen ist es viel wichtiger, dass es bescheiden ist und liebenswert und hilfsbereit. Vergiss das nicht. Durch den Großmut des Herrn von Goldegg darfst du hier zwischen lauter gebildeten Menschen sein, enttäusche ihn bitte nicht." Ich nickte und verließ nun tatsächlich den Prüfungsraum. Ich war noch nie hochmütig gewesen und wollte meinen Geldgeber wirklich nicht enttäuschen, aber ob ich mich hier wohlfühlen würde, daran zweifelte ich stark.

Ich wurde direkt in die Klasse geschickt. Einer der Prüfer, der sich als Direktor der Schule erwies, begleitete mich dorthin. Er ging vor mir in den Klassenraum, woraufhin die Lehrerin sofort den Unterricht unterbrach und alle Mädchen aufsprangen. „Mädchen", verkündete er mit strengem Blick, „ich möchte euch eure neue Klassenkameradin vorstellen, Anna Pircher. Bitte begrüßt sie!" Wie aus einem Munde sagten die Mädchen: „Guten Tag, Anna Pircher." Alle sprachen meinen Namen auf typisch italienische Weise mit „k" aus, statt mit „ch". Der Rektor stellte mich kurz vor: „Anna hat bis jetzt als Dienstmädchen gearbeitet, und ihr Arbeitgeber war so freundlich, ihr eine Ausbildung hier bei uns zu finanzieren. So, und nun lernt weiter!" Das war nun wohl die Retourkutsche auf mein „Weil ich klug bin". Ich war beschämt, errötete und alle starrten mich an. Nachdem der Direktor gegangen war, zeigte mir die Lehrerin meinen Platz neben einer schwarzhaarigen Schönheit, die jedoch gleich protestierte. „Nein, ich sitze neben keinem Dienstmädchen!", rief sie entsetzt. „Wenn ich das meinem Vater sage, nimmt er mich aus dem Institut!" – „Schweig, Lucia", herrschte sie die Lehrerin an,

„wir sind alle Italienerinnen, ob arm oder reich. Setz dich, Anna, wir wollen weitermachen!“ Alle waren sofort still, ich setzte mich und war den Tränen nahe. Italienerin – war ich das? Und wollte ich das sein?

Auch die Lehrerin wollte offenbar wissen, wie meine Kenntnisse waren. Sie unterrichtete Mathematik, ein Fach, das bei den anderen nicht besonders beliebt zu sein schien. Sie machten sehr einfache Gleichungen durch, weit unter dem Niveau der Rechnungen, die ich mit Peter geübt hatte. Ich wurde gleich an die Tafel gerufen, um eine Aufgabe zu lösen. Alle schwiegen und schienen zu hoffen, dass das Dienstmädchen einen Fehler machen würde. Den Gefallen machte ich ihnen aber nicht. Ich löste die Aufgabe mit nur wenigen Zwischenschritten. Die Mädchen, die solche Aufgaben offensichtlich nicht mochten, sahen mich mit großen Augen an. Die Lehrerin aber schien nicht erbaut über meine Kenntnisse zu sein. Ich durfte mich setzen und wurde die restliche Stunde nicht wieder aufgerufen. Ich hatte nun Gelegenheit, mir ein Bild von der Klassensituation zu machen. Die meisten Mädchen waren keine besonderen Rechnerinnen. Nur eine oder zwei waren in diesem Fach gut. Es schien nicht so wichtig zu sein in diesen Kreisen, gut in der Schule zu sein. Lucia schaute mich einmal kurz an und zischte: „Streberin! Dienstmädchen!“ Ich entschloss mich dazu, sie einfach zu ignorieren. So war ich bisher in meinem Leben am besten weitergekommen. Streit zahlte sich einfach nicht aus, schon gar nicht am Anfang als Neue in einer geschlossenen Gruppe.

Nach der ersten Stunde trat ein anderer Lehrer in die Klasse. Er hatte mich vorher auch schon geprüft und unterrichtete Italienisch und Geschichte. „Ihr habt eure neue Mitschülerin bereits kennengelernt", stellte er nüchtern fest. „Sie hat große Lücken in unserer Literatur. Was hast du bis jetzt vor allem gelesen, Pircher?" Schon wieder starrten mich alle an. Ich wollte weg, nur weit, weit weg. „Goethe, Schiller, Lessing", erwiderte ich. Doch diese Antwort schien ihm überhaupt nicht zu gefallen. „Warum diese ausländische Literatur?", fragte er böse. „Italiener sollten doch vor allem ihre eigenen Schriftsteller kennen!" Und dann passierte es. Ich hätte es nicht sagen sollen, doch es entfuhr mir. „Ich bin deutsch", antwortete ich leise, „aber ich werde gerne auch die italienischen Werke kennen lernen." Stille folgte dieser Aussage. Mir war gar nicht bewusst, was ich da gerade angestellt hatte. Dann polterte der Lehrer: „Wie bitte? Was hast du gesagt? Deutsch? Ja, hast du noch nicht mitbekommen, dass ihr jetzt Italiener sein dürft?" Dann beachtete er mich nicht mehr und widmete sich den anderen Schülerinnen.

An den restlichen Vormittag erinnere ich mich nur mehr schwach. Ich weiß nur noch, dass ich beim Turnunterricht nicht mitmachen konnte, da noch keine Turnkleidung für mich bereit war und dass ich kein einziges italienisches Lied beherrschte. Beim Mittagessen sah mich Francesca freundlich an, der einzige Lichtblick an diesem ersten Tag in der Fremde. Am Nachmittag dann Handarbeiten und schließlich Religion. Das „Vater unser" konnte ich auf Italienisch, das „Gegrüßt seist du Maria" hingegen nicht, wofür ich als

Unchristin beschimpft wurde. Und dann, beim gemeinsamen Lösen der Hausaufgaben in der riesigen Studierhalle, begann mein Heimweh. Am liebsten wäre ich sofort nach Hause gefahren. Doch gleichzeitig dachte ich an Herrn von Goldegg und vor allem an Peter. Wenn ich jetzt ging, würde er mich nie wiederfinden, niemals. Tränen brannten in meinen Augen, als ich mich entschloss, zu bleiben.

Am Abend dann, im Bett neben Francesca, fragte sie mich, ob es mir bei ihnen hier gefalle. Ich wollte nicht unhöflich sein, sie war ja wirklich sehr nett, darum antwortete ich, ich müsste mich erst eingewöhnen, es wäre alles noch sehr neu hier für mich. „Du wirst sehen, Anna, hier ist es ganz nett", munterte sie mich auf, „am Anfang habe ich mich auch nicht wohlgefühlt, ich habe fast nur geweint, aber jetzt bin ich hier fast zu Hause."

Wieder hatte ich das Glück, einen netten Menschen um mich zu haben, einen netten Menschen unter so vielen unfreundlichen.

*

Bald schon war ich in den meisten Fächern unangefochtene Klassenbeste, wie immer. Obwohl ich ihnen half, wo ich nur konnte, verachteten mich meine Mitschülerinnen nach wie vor. Gnädig und herablassend kamen sie ab und zu zu mir, um sich helfen zu lassen, eine wollte mir sogar einmal Geld dafür geben, dass ich ihre Hausaufgaben machte. Wohl fühlte ich mich hier nicht, das war bald klar. Auch die Lehrer waren mir nicht besonders zugetan. Es war ihnen wohl zuwider, dass ein armes Mädchen aus den Tiroler Bergen mehr leistete als ihre Zöglinge, die schon jahrelang unter ihren Fittichen waren. Ich lernte sehr viel dazu, besonders in italienischer Literatur und in Fächern wie Geschichte und Geographie, wenn wir auch sehr einseitig unterrichtet wurden. Die ganze Schule war vom faschistischen Geist durchqualmt, faschistische Lieder und faschistisches Gedankengut prägten unseren Schulalltag. Mir war das zuwider. Hatte ich es daheim noch genossen, eine neue Sprache und Kultur kennen zu lernen, fühlte ich mich hier fast schon kulturell vergewaltigt – ich drohte, an dem ganzen faschistischen Kram zu ersticken. Der Italienischlehrer an meiner letzten Schule war gebildet und gleichzeitig irgendwo verständnisvoll gewesen, hier aber wurde ich als einzige Deutsche sehr von oben herab behandelt.

Trotzdem, meine Leistungen waren unübertrefflich, da ich nicht nur schnell, sondern auch sehr viel lernte. Was hätte ich hier sonst auch tun sollen? Deshalb empfahl mir der Direktor kurz vor Weihnachten, eine Prüfung bei ihm zu absolvieren, um nach den Weihnachtsferien direkt in die nächsthöhere Klasse einsteigen zu können. Das reizte mich sehr, so konnte ich nämlich mit der liebenswerten Francesca, dem einzigen Lichtblick hier, dieselbe Klasse besuchen. Auch sie zeigte sich hocherfreut darüber. Sie hatte große Schwierigkeiten mit dem Lernstoff. „Ich bin wie ein Sieb“, lachte sie oft hilflos, „von allem, was ich lerne, bleibt nur wenig hängen.“ Ich übte oft mit ihr und fragte sie aus, aber sie war nicht sonderlich interessiert am Unterrichtsstoff. Aber sie war nicht nur wunderschön, sondern sie hatte zudem ein sehr nettes Wesen. Sie war immer freundlich zu mir und stellte mir bereitwillig ihre Lernunterlagen für die Prüfung zur Verfügung. Obwohl sie eine schwache Schülerin war, musste sie nie wiederholen, da ihr Vater ein einflussreicher Gönner unserer Schule war. Sie selbst wäre am liebsten zu Hause auf ihrem Landgut in der Toskana, bei ihren Brüdern und ihren Hunden, das sagte sie mir oft.

Die Prüfung verlief sehr gut. Bei den Geschichtsfragen musste ich mir zwar auf die Zunge beißen, denn dass Südtirol aus natürlichen Gründen wegen der Wasserscheide am Brenner zu Italien gehörte, das wollte ich nur sehr ungern sagen. Aber ich wollte es schaffen, je weiter ich kam, desto früher wäre ich auch mit der verhassten Schule fertig, die aus insgesamt vier Klassen bestand. So antwortete ich artig so, wie es von mir erwartet wurde, und somit konnte ich bald die dritte Klasse besuchen. Mädchen wie Lucia konnten das absolut nicht ertragen, ich aber war froh, sie nicht mehr täglich in meiner Nähe zu haben.

Endlich in der dritten Klasse, musste ich wieder die typischen Szenen durchleben: Tests durch die neuen Lehrer, die einfach nicht glauben wollten, dass ich so gut in der Schule war. Hasserfüllte Mitschülerinnen, die mir meine schulischen Erfolge missgönnten. Dann nach und nach Mitschülerinnen, die mich und meine Hilfsbereitschaft ausnutzten. Zum Glück war da Francesca, das netteste Mädchen, das ich je kennen lernen durfte, immer freundlich und aufmunternd.

„Sehnst du dich nach deinen Tiroler Bergen?“, fragte sie manchmal. Ich antwortete dann immer mit einem leisen „Ja“, denn es stimmte, ich hatte großes Heimweh. Aber am schmerzhaftesten war für mich, dass Peter sich nie gemeldet hatte, nicht ein einziges Mal. Er hatte mich wohl endgültig vergessen.

Kein einziger Lehrer förderte und unterstützte mich. Sie korrigierten meine Aufgaben, gaben mir Noten, prüften mich mürrisch, aber niemand sagte je ein aufmunterndes Wort zu mir. Das habe ich ihnen sehr übel genommen, bis heute. Dieser Hochmut gegenüber der Armut, das war schon sehr unschön. Manchmal kamen an den Sonntagen einige dieser reichen Eltern, um ihre Töchter zu besuchen. Sie hatten wahrscheinlich schon von mir gehört, und es war wohl auch nicht schwierig, mich zwischen den vielen dunkelhaarigen Mädchen mit ihren schönen Sonntagskleidern ausfindig zu machen. Besonders die Mütter sahen mich verächtlich an. Eine fragte mich einmal höflich, ob ich auch für das Saubermachen eingesetzt würde. Ich verneinte höflich, blieb überhaupt immer höflich, aber die täglichen Gemeinheiten und Hassszenen wurden für mich mit der Zeit fast unerträglich. Zu meinem großen Glück war Francesca stets an meiner Seite, und alle wussten, dass sie eines der reichsten Mädchen hier war.

So zog dieses Schuljahr vorüber, mehr schlecht als recht zwar, aber dafür mit einem glänzenden Zeugnis. Den Sommer wollte ich zu Hause verbringen, aber Herr von Goldegg hatte anders disponiert. Wahrscheinlich fürchtete er um meine neu erworbenen Manieren, wenn ich wieder längere Zeit in meinem Umfeld verbringen würde. Vor allem aber wollte er wohl vermeiden, dass ich zu nahe an seinen Sohn herankam. Er schlug vor, dass ich im Institut bleiben und mein Studium weiterführen sollte. Als ich das las, musste ich weinen, nur der Gedanke an meine Sommerferien und meine Familie hatte mich in den letzten Wochen vorwärtsgetrieben.

Francesca kam besorgt zu mir. Ich weinte selten vor ihr, das war sie von mir nicht gewohnt. „Anna, was ist los?“, fragte sie mich mitfühlend. „Herr von Goldegg, mein Gönner, schreibt, ich solle den Sommer hier im Institut verbringen. Ich dachte, ich könnte nach Hause fahren, zu meiner Familie, und jetzt …“, schluchzte ich. Ich weinte und wollte gar nicht mehr aufhören. Und was tat die liebe Francesca? Ohne mein Wissen schrieb sie an Herrn von Goldegg, dass sie sich sehr freuen würde, mich in den Sommermonaten in der Toskana bei sich zu haben, falls er es erlauben würde. Er solle bitte bald antworten, damit sie die nötigen Vorkehrungen treffen könne. Ihren Vater fragte sie erst gar nicht um Erlaubnis, sie war sein erklärter Liebling und wusste, dass er nie nein sagen würde.

Die nächsten Tage waren für mich trist und kalt und ich konnte nicht glauben, dass ich hier noch so viel Zeit verbringen musste, außerdem alleine, da alle anderen heimfuhren. Francesca versuchte, meine Laune zu heben, sagte aber nichts von ihrem Schreiben, da sie keine falsche Hoffnung in mir wecken wollte. Als ich aber nach einigen Tagen wieder einen

Brief von Herrn von Goldegg erhielt, hielt sie es fast nicht mehr aus. „Ich bin so neugierig, was er dir schreibt!", sagte sie und hielt meine Hand, während ich den Brief öffnete. Ich glaubte, meinen Augen nicht zu trauen. Zuerst gratulierte mir Herr von Goldegg zu meinen hervorragenden Leistungen. Er sei froh, dass er sich nicht in mir getäuscht habe. Dann schrieb er, dass er sich freue, dass ich in Francesca so eine gute Freundin gefunden hätte, und dass ich sehr gerne meine Ferien bei ihr verbringen dürfe. Ich schaute Francesca ungläubig an und als sie über das ganze Gesicht strahlte, wusste ich, was geschehen war. Ich umarmte sie vor Freude und wir tanzten durch den Lesesaal, bis eine Lehrerin mahnend zu uns herübersah. „O, Francesca, du bist ein Schatz!", jubelte ich, und auch sie freute sich sichtlich. „Was sollte ich denn den ganzen Sommer ohne dich machen, Anna, ich freue mich auch sehr!"

Das ist eben etwas, was ich im Leben immer hatte: großes Glück. Ich habe immer wieder besonders nette Menschen getroffen: Großvater, Hanne, Peter, Francesca. Danke ihnen allen!

*

Die Sommerferien waren herrlich! Es gab so viel zu sehen und zu tun, dass ich sogar fast nie mehr an Peter dachte. Francesca war Halbwaise und ihr Vater vergötterte sie. Ich sah einmal ein Bild ihrer Mutter, die vor einigen Jahren gestorben war, Francesca war damals noch ein Kleinkind. Sie war ihr Abbild, hatte dieselben roten Haare und blauen Augen. Ihre drei Brüder waren von Anfang an sehr freundlich zu mir. Obwohl es sich um eine sehr wohlhabende Familie handelte, waren sie nie hochmütig oder eingebildet. Sie behandelten mich wie eine Schwester. Die Brüder waren zwanzig, neunzehn und siebzehn Jahre alt, so unternahmen wir alle fünf sehr viel gemeinsam. Als sie erfuhren, dass ich nicht schwimmen konnte, wollten sie das kaum glauben. Francesca kaufte mir einen Schwimmanzug nach der damaligen Mode, und Paolo, der älteste Sohn, war mein Lehrer. Ich stellte mich anfangs sehr ungeschickt an, doch schließlich lernte ich es und genoss es sehr. Unser Verhältnis war freundschaftlich, ich hätte mich auch davor gehütet, je wieder einem Jungen aus reichem Hause zu nahe zu kommen. Schließlich musste ich noch Peter endgültig verdauen. Unsere Tage waren unbeschwert und leicht. Wir gingen schwimmen, spazieren, ritten aus – auch das habe ich in dieser Zeit gelernt! – oder saßen im großen Wohnzimmer und unterhielten uns. Francescas Vater war erklärter Gegner der Faschisten, oft sprach er gemeinsam mit seinen Söhnen sehr negativ über Mussolini und die Situation, in die er sein geliebtes Italien gebracht hatte. Für mich war es neu, dass nicht alle Italiener Faschisten waren, nach meinen Erfahrungen im Trentino war ich fast davon ausgegangen.

Francescas Familie war genauso wie sie: edel, freundlich und gutherzig. Giuseppe, der zweite Sohn, besuchte ein Internat in Mailand, wie ich erfuhr. Mailand … und tatsächlich, einige Tage nach meiner Ankunft fragte er mich, ob ich einen Peter aus Bolzano kenne. „Ja“, antwortete ich zaghaft, „Peter von

Goldegg …" – „Genau!", antwortete Giuseppe fröhlich, „er war der einzige Deutsche in unserer Klasse. Ein sehr ernsthafter Junge, hat fast nie gelacht."

Ich wurde plötzlich ernst. Ich wollte nur weg und alleine sein. Mitten im Gespräch ließ ich den erstaunten Giuseppe stehen und ging hinaus. Peter … „Was hat sie denn?", fragte er seine Schwester, die alles mitbekommen hatte. Francesca zuckte mit den Schultern und lief mir nach. Ich stand vor dem kleinen Teich hinter dem Haus. Meine Gedanken überschlugen sich.

Peter, Peter, Peter …

„Anna!", sagte da Francesca hinter mir. „Was ist mit diesem Peter?" – Da erzählte ich Francesca meine Geschichte mit Peter, dem Sohn aus reichem Hause. Sie hörte mir aufmerksam zu und zog mich anschließend hinter sich her, hinein ins Haus. Sie stürzte sich förmlich auf ihren Bruder. „Giuseppe", rief sie, „Giuseppe, du musst uns alles über diesen Peter erzählen, wir wollen alles wissen." – „Aber warum denn?", fragte dieser verwundert. „Weil er auch aus Annas Heimat ist. Das hat in ihr Sehnsüchte geweckt, nicht wahr, Anna?" Ich nickte. Giuseppe setzte sich zwischen uns beide und überlegte. „Peter von Goldegg … viel weiß ich nicht von ihm. Am Anfang, als er gekommen ist, war er sehr gut in der Schule. Er war so ernst und hat keinen an sich herangelassen. Er ist riesengroß, niemand wollte sich mit ihm anlegen. Einmal hat einer über sein Land gespottet, da hat er ihn so zusammengeschlagen, dass wir Peter zu dritt von ihm losreißen mussten. Ach ja, unglücklich verliebt ist er, das haben wir mitbekommen, weil er sich einmal einem Jungen anvertraut hat. Eine nicht standesgemäße Beziehung, deshalb musste er nach Mailand. Tja, was sollte ich sonst noch erzählen … seine Leistungen wurden immer schlechter. Zuletzt ist er sogar durchgefallen. Und in den letzten Monaten bekam er einige Male Besuch von einer jungen Dame. Er schien sich nicht besonders darüber zu freuen. Sie war recht hübsch, die Kleine, nicht ganz mager."

Auguste! Wer sonst? Sie wollte ihn wohl über mich hinwegtrösten. „Und nun?", fragte ich schüchtern. „Wo ist er nun?" – „Hm", Giuseppe überlegte, „er ist mit dieser Auguste und ihrer Familie in die Berge gefahren, zurück in seine Heimat. Ob er nächstes Jahr wiederkommt, ist fraglich. Er hat sich nie richtig eingelebt bei uns. Aber warum interessiert dich das alles?" Da legte Francesca schützend den Arm um mich. „Alle männlichen Wesen sind so dumm, so dumm", sagte sie und scheuchte Giuseppe fort.

„Anna, geht es dir nun besser, da du alles von ihm weißt?" – „Nein", antwortete ich ehrlich, „das würde ich nicht sagen. Dass ich ihm offensichtlich auch so gefehlt habe wie er mir, das ist tröstlich, aber auch schrecklich traurig. Und nun ist er wohl zu Hause am Ritten mit dieser blöden Auguste …"

Francesca organisierte sofort ein Gute-Laune-Programm für mich, einen Ausflug ins Grüne am nächsten Tag mit einem besonders guten Essen, da ich plötzlich so wenig Appetit zeigte. Doch alles half nichts, ich blieb untröstlich.

Nach drei Tagen, an denen ich kaum das Haus verlassen hatte, kam plötzlich Paolo in mein Zimmer. Es tat mir leid, dass ich mich so gehen ließ, aber ich hatte ja noch nie so richtig Zeit gehabt, um Peter zu trauern. Nun konnte ich es, aber es ging mir sehr schlecht dabei. Paolo, der wahrscheinlich von Francesca eingeweiht worden war, kam zu mir, nahm mich bei der Hand und führte mich ins Freie. „Was ist?", fragte ich verwundert. „Wir reiten aus", antwortete er. „Lieber nicht!", erwiderte ich und blieb stehen. Ich fühlte mich nicht danach, ich wollte alleine sein. Doch Paolo duldete keinen Widerspruch. Er nahm mich bei den Schultern und sagte: „Anna! Francesca hat mir alles erzählt. Vergiss ihn bitte, denn er verdient dich nicht! Du musst dir im Leben einen Mann suchen, der zu dir steht, egal, was passiert! Hat er das getan?" – „Nein, das hat er nicht." – „Na siehst du, dann weine nicht mehr um ihn. Du hast noch das ganze Leben vor dir, vergeude keine Sekunde mehr an ihn!" Da wurde ich fast wütend: „Das sagst ausgerechnet du, Paolo! Deine Familie ist schwerreich und würde es nie dulden, wenn du ein armes Mädchen heiraten würdest!" Da ärgerte auch er sich sehr. „Anna, wie kannst du das sagen? Du weißt doch nichts von uns. Nur weil wir reich sind, sind wir keine Unmenschen. Meine Mutter kam aus niedersten Verhältnissen. Alle wandten sich zuerst gegen meinen Vater, aber er wollte nur sie und sonst niemanden. Wer wirklich liebt, setzt seine Liebe auch durch, glaube mir!

Dein Peter mag stark sein mit den Fäusten, aber sonst ist er ein dummer Junge, der andere über sein Glück entscheiden lässt. Glaubst du tatsächlich, dass sein Vater den einzigen Sohn verstoßen würde?"

Ich sah ihn nachdenklich an. So hatte ich das noch nie gesehen. Ich hatte Peter immer verziehen und verstanden. „Anna, ich frage dich das jetzt nicht als Richter, sondern als brüderlicher Freund. Wie weit ist dieser Peter mit dir gegangen?" Ich traute mich nicht, ihm zu antworten, sondern schaute beschämt zu Boden. „Anna, antworte mir!", wiederholte er. Ich sah ihn an und zuckte mit den Schultern. Da wurde er noch wütender. „Bitte vergiss ihn, Anna! Dafür warst du ihm also gut genug! Was, wenn du schwanger geworden wärst? Du bist das gescheiteste Mädchen, das ich kenne, vergiss ihn bitte, sonst fahre ich nach Bozen und knöpfe ihn mir vor! Du hast einen Jungen verdient, der dich wirklich liebt!" – „Alle sagen immer, ich sei so gescheit", weinte ich nun fast, „aber glaubst du etwa, dass man dann über seinen Gefühlen stehen kann? Auch gescheite Menschen erleben Unglück in der Liebe!" – „Ja, Anna, aber nun hör auf zu weinen und lebe dein Leben! Versprich mir das bitte, ich will keine Tränen mehr sehen, dein Peter ist ein verdammter Feigling! Versprich es mir!" Da versprach ich es ihm und dachte plötzlich bei mir, vielleicht hat er ja Recht. Ich nahm mir vor, nicht mehr an Peter zu denken.

Zwischen Paolo und mir bestand ein ausschließlich kameradschaftliches Verhältnis, und das blieb den ganzen Sommer über so. Es war wirklich angenehm, und ich schaffte es tatsächlich, endlich einigermaßen über Peter hinwegzukommen. Mein Italienisch war mittlerweile wirklich akzentfrei, ich las viel und fühlte mich nun auch in der italienischen Literatur fast wie zu Hause. Nun konnte ich sogar schwimmen, ich war siebzehneinhalb Jahre alt und freute mich endlich einmal unbeschwert des Lebens. Francescas Vater nahm uns oft mit auf Ausflüge und häufig durften Francesca und ich ihn bei Besuchen in der näheren Umgebung begleiten. Er fühlte sich als Gutsherr für die Menschen hier verantwortlich und oft brachte er den Menschen Lebensmittel oder kleinere Geldbeträge. Er war ein wirklich guter Mensch.

Leider neigte sich der Sommer dann dem Ende zu. Es war September und wurde deutlich frischer und im Oktober sollte die Schule wieder beginnen. Schon Wochen vorher hatte ich mit Francesca zusammen wieder zu lernen begonnen. Sie wollte ihre Leistungen verbessern und freute sich, wenn sie etwas begriff. Sie hatte einen starken Willen und war überhaupt nicht dumm, wie sie immer selbst von sich geglaubt hatte. Der Schulstoff interessierte sie einfach nicht. Wenn sie etwas nicht wusste, dann lächelte sie verlegen, und wenn sie etwas gut konnte, freute sie sich sichtlich. Auch sie fand es schade, dass der lange und freie Sommer bald vorbei wäre, doch es machte ihr auch nicht viel aus, wieder ins Internat zu gehen. „Schau, Anna, es ist unser letztes Jahr, dann ist die Schule vorbei", munterte sie mich immer wieder auf, „und wenn die anderen dich wieder belästigen, dann stehe ich dir immer zur Seite." Das stimmte, auf Francesca war Verlass. Trotzdem war ich sehr traurig, als wir uns von ihrem Vater und ihren Brüdern verabschieden mussten, noch trauriger als sie, die immer alles positiv sah.

Zurück im Institut nahm ich den Kontrast zwischen den beiden Lebenswelten – Toskana und hier in der Schule – überdeutlich wahr. Graue Treppen, graue Klassen, graue Zimmer, die grauen Gesichter der Lehrerinnen, alles war grau und hässlich und langweilig. Noch ein ganzes Jahr – ich würde mich zusammenreißen, aber es kam mir endlos lange vor. Vor allem jetzt, wo ich mich Peter und seiner Familie nicht mehr so verpflichtet fühlte. Doch ich riss mich zusammen und besuchte jeden Tag mit Francesca den Unterricht, erduldete die Anfeindungen und schluckte alles hinunter.

*

Der faschistische Geist, der die Schule immer schon durchzogen hatte, breitete sich mehr und mehr aus. Mein Heimweh wurde immer größer. Was sollte ich hier noch, keiner interessierte sich für mich, ich lernte kaum noch etwas dazu, musste mich ständig beleidigen lassen. Nur Francesca baute mich auf, Tag für Tag. Doch irgendwann reichte mir das nicht mehr. Ich fühlte mich nicht mehr wohl in der Klasse – 26 Mädchen, alle machen zur selben Zeit das Gleiche, alle behandeln einen Schulstoff, den ich am Nachmittag in einer halben Stunde alleine spielend lernte. Dieses stupide Sitzen,

Handaufhalten, Aufstehen, Niedersetzen, ich hielt es fast nicht mehr aus. Wahrscheinlich wäre alles anders gelaufen, wenn ich in einem positiveren Umfeld zur Schule gegangen wäre.

Es war Anfang 1930, das neue Jahrzehnt hatte begonnen, mitten im Faschismus. Die Menschen jubelten, auch in unserer Schule wurde gefeiert. Ich hatte Francescas Einladung, sie über die Weihnachtsferien zu Hause zu besuchen, nicht folgen können, da mich eine Grippe ans Bett gefesselt hatte. So lag ich zwei Wochen lang im Internat im Bett. Nur ab und zu schaute eine der Angestellten bei mir vorbei und brachte mir eine Medizin oder etwas zu essen, die meiste Zeit des Tages war ich alleine. Ich hatte viel Zeit, um nachzudenken, so lange war ich noch nie mit mir selbst alleine gewesen. Ich dachte über mich nach, was aus mir werden sollte, wenn die Schule erst aus wäre, wo ich hinsollte. Ich wollte nicht länger von Herrn von Goldegg abhängig sein, das war mir klar. Als Italienischlehrerin in Südtirol zu arbeiten, widerstrebte mir. Ich wollte Kinder in ihrer Muttersprache unterrichten, nicht in einer ihnen aufgezwungenen Fremdsprache. Unterricht in deutscher Sprache – das gab es ja schon lange nicht mehr, außer in zwei katholischen Privatschulen. Seit 1929 war es im Zuge der Lateranverträge dort zulässig, allerdings mussten die Prüfungen dann in italienischer Sprache abgelegt werden. Doch Schulen, in denen künftige Geistliche ausgebildet wurden, würden mich wohl kaum anstellen.

Dann gab es noch die Möglichkeit, Lehrerin irgendwo in Italien zu werden. Vielleicht sollte ich das tun?

Als die Schule erneut ihren Betrieb aufnahm, kam der nächste Schock: Francesca war nun auch erkrankt und würde frühestens in zwei Wochen wiederkommen. Ich hatte mich noch nicht ganz erholt und ich hatte mich sehr auf unser Zusammensein gefreut und war nun enttäuscht. Die anderen Mädchen mieden mich. „Dienstmädchen, wo ist deine Herrin?", fragten sie mich spöttisch.

Und dann passierte es.

Es war Montag, der 20. Jänner, auch dies ein Tag, der sich fest in mein Gedächtnis eingeprägt hat, leider. Zuerst eine Stunde Mathematikunterricht. Ich langweilte mich schrecklich. Dann eine Stunde Singunterricht. Ich sang die faschistischen Lieder nur halbherzig mit.

Anschließend die Pause. Ich saß alleine in meiner Bank, niemand sprach ein Wort mit mir. Ich bemühte mich gar nicht mehr um Gesellschaft, es war zu spät. Zu viel war schon geschehen in den letzten Monaten, zu viel Abneigung und offener Hass und Neid.

Dann war es soweit: Geschichtsunterricht. Der Geschichtslehrer, ein gut aussehender junger Mann, berichtete mit Freude vom faschistischen Siegesdenkmal, das in „Bolzano" vor einigen Jahren errichtet und 1928 feierlich eingeweiht worden war. Es steht heute noch am selben Ort.

Nun begann er, zu berichten, wie die deutsche Bevölkerung – fast alles nur Bauern – froh sei, dass durch den Anschluss an Italien endlich Kultur in ihr Land eingezogen sei.

Ich schwieg.

Er erläuterte, dass es nun keine deutsche Schule mehr bei uns gebe, dass die Kinder nun endlich nur auf Italienisch unterrichtet würden.

Ich schwieg weiter.

Einige würden ihre Kinder im Geheimen auf Deutsch unterrichten, aber das seien alles Kriminelle.

Ich begann, ihm direkt ins Gesicht zu sehen.

Darauf berichtete er, dass es bei uns besonders viele Analphabeten gebe, das Italienische sei wohl zu schwierig für uns. Er fuhr fort, sagte, dass wir eben Barbaren seien und keine Italiener.

Dann stand ich auf.

Ich muss vorwegnehmen, dass ich in Bozen und auch in der Familie von Francesca italienische Freunde gefunden hatte, die nicht so extremistisch waren. Aber in dieser Schule fühlte ich mich extrem unwohl, und heute denke ich manchmal, dass die Wut der Lehrer sich wahrscheinlich nicht in diesem Ausmaß über mich entladen hätte, wenn ich nicht ein Dienstmädchen gewesen wäre. Es waren lange nicht alle Italiener zu jener Zeit faschistisch eingestellt, aber der Geschichtslehrer war überzeugtes Parteimitglied und fortwährend bestrebt, seine Überzeugungen mit uns zu teilen. Aber es reichte mir, die ständigen Beleidigungen und Demütigungen durch die anderen und dazu die andauernde geistige Unterforderung, es war alles zu viel für mich!

Ich ging direkt auf ihn zu, er war einen halben Kopf kleiner als ich und starrte mich verständnislos an. Ich ging zum Kübel mit dem Schwamm und schüttete ihm das Wasser direkt ins Gesicht. Es tropfte über seine Schultern und über seinen Anzug. Ein Aufschrei ging durch die Klasse. Noch bevor er sich gefasst hatte, war ich schon draußen. Ich ging geradeaus in mein Zimmer, in zehn Minuten hatte ich meine wenigen Sachen gepackt. Dann begab ich mich zum Ausgang. Es ging alles so schnell, niemand hielt mich auf, und schon war ich draußen.

Damit hatten sie wohl nicht gerechnet, dass das arme Mädchen aus dem Tiroler Bergdorf so kurz vor dem Abschluss die Schule hinschmeißen würde. Aber ich war so überzeugt, das Richtige zu tun, dass ich nicht einmal mehr einen Blick zurück wagte. Ich hatte ein bisschen Geld in der Tasche, vom Taschengeld, das mir Herr von Goldegg regelmäßig zur Verfügung stellte, es würde für die Heimfahrt reichen. Ich wusste jetzt auch endlich, was ich zu tun hatte, was mein Beruf sein würde: Ich wollte eine dieser kriminellen Lehrerinnen werden, die den Kindern geheimen deutschen Schulunterricht erteilten.

*

Ich war schon einige Jahre lang nicht mehr daheim gewesen. Und wiederum galt mein erster Besuch dem Pfarrer, ich hoffte inständig, dass er noch hier sein würde. Und er war es. Wiederum erkannte er mich nicht auf Anhieb, ich war ja schon fast achtzehn und für die damaligen Verhältnisse recht ordentlich gekleidet. Meine blonden Haare hatte ich hochgesteckt, so wirkte ich etwas älter. Doch wie schon beim letzten Mal erkannte er mich auf den zweiten Blick.

„Anna", begann er, „du bist wieder da. Herzlich willkommen!" Er fragte nichts, dafür war ich ihm sehr dankbar, er bot mir einen Kaffee an und drückte meine Hand. Zuerst schwiegen wir, dann sagte ich leise: „Herr Pfarrer, ich habe es nicht mehr ausgehalten dort. Ich war denen zu arm und zu deutsch und zu gescheit. Es reicht. Ich bleibe jetzt in Südtirol, für immer. Ich will eine Lehrerin werden, für die deutschen Kinder, und Sie müssen mir helfen." Der Pfarrer sah mich erstaunt an. „Du willst Katakombenlehrerin werden?" – „Bitte?", fragte ich, den Ausdruck hatte ich nie gehört. „So nennen wir die Lehrerinnen – die ersten Christen beteten in den Katakomben, da es ihnen verboten worden war, und die Deutschen unterrichten ihre Kinder nun ebenso im Verborgenen. Aber weißt du überhaupt, worauf du dich da einlässt?" Ich nickte – man käme ins Gefängnis, wenn sie einen erwischen würden. Aber da unterbrach mich der Pfarrer: „Anna, das ist nur sehr wenigen passiert, vorher wird man verwarnt. Ich empfehle allen, die erwischt werden, es dann sein zu lassen." Ich bat ihn um Kontakte, ich war mir sicher, dass er welche hatte, da unterbrach er mich erneut. „Anna, so schnell geht das nicht, geh erst mal nach Hause zu deinem Vater. Nun ist nur mehr deine treue Schwester Rosa bei ihm, alle anderen sind fort. Er freut sich sicher, wenn du ihn besuchst. Ich werde mich umhören und sobald ich etwas weiß, melde ich mich."

So kehrte ich wieder einmal unangemeldet nach Hause zurück. Ich hatte mit meiner Familie in den letzten Monaten kaum Kontakt gehabt, da es von unserem Internat aus nicht gestattet war, unzensierte Briefe nach Hause zu schicken. Und weil niemand aus meiner ehemaligen Schule Deutsch verstand und meine Verwandten kaum Italienisch, hatte ich überhaupt nicht geschrieben, nur eine kurze Grußkarte zu Weihnachten und zu Ostern.

Ich wanderte den schmalen Weg hinauf zu meinem Heimathaus und mir war sehr wehmütig zumute. Ich fühlte mich in die alten Zeiten zurückversetzt, wie ich immer mit meinen Geschwistern nach der Schule zu Fuß heimgegangen war. Und nun kam ich zurück, verändert und älter geworden. Als ich beim Haus ankam, trat ich ein, ohne anzuklopfen. Mein Vater und Rosa waren gerade beim Essen. Sie saßen nebeneinander, beide starrten dabei vor sich hin und erschraken, als ich plötzlich eintrat.

„Nannele!“, rief Rosa und sprang auf. Ich hatte meinen Namen in dieser Form schon jahrelang nicht mehr gehört, er erinnerte mich an früher, an Mutter und Großvater, und ich umarmte meine Schwester glücklich. Auch mein Vater schien sich zu freuen, wenn er es auch nicht so offen zeigte. „Ist die Schule schon fertig?“, fragte er verwundert. „Lass sie sich doch erst hinsetzen und etwas essen. Hast du Hunger, Nannele?“ Und so saß ich bald mit meinem Holzlöffel über dem herrlichen Mus und aß mit ihnen.

„Ich gehe nicht mehr zurück", gestand ich den beiden später. „In der Schule haben sie uns viel zu viel faschistisches Zeug beigebracht, mir reicht es. Ich bleibe eine Zeitlang bei euch, dann gehe ich irgendwo arbeiten." Der Vater sagte nichts, sondern nickte nur. Die italienische Schule in der Ferne hatte ihm nie zugesagt, er war froh, mich wieder in der Nähe zu haben. „Bleibst halt nicht zu lange, Nannele, das können wir uns nicht recht leisten. Aber einige Wochen, darüber freuen wir uns sehr." Somit stand er auf und ging ins Freie. Alt war er geworden, mein Vater, das sah ich an diesem Tag zum ersten Mal. Alt und einsam.

Die nächsten Wochen wartete ich auf eine Nachricht des Pfarrers. Wir hatten vereinbart, dass ich keinem Menschen auch nur ein Sterbenswörtchen von meinem Vorhaben berichten würde, nicht einmal meiner Familie. So half ich Rosa in der Küche und im Stall, spazierte mit ihr über die verschneiten Wiesen und saß abends auf der Ofenbank neben meinem Vater. Wir sprachen nicht viel miteinander, aber ich fühlte mich gut neben ihm.

Nach zwei Wochen kam ein Brief von Francesca. Sie bat mich inständig, doch wieder zurückzukommen. Ohne mich halte sie es fast nicht aus. Ich schrieb ihr zurück, dass ich nie wieder in die Schule gehen würde, und schilderte ihr das Vorgefallene. Von meinem Plan schrieb ich ihr nichts, aber ich lud sie ein, einmal nach Südtirol zu kommen, vielleicht im Sommer. Ich dankte ihr nochmals für ihre Gastfreundschaft, versicherte ihr, dass wir immer Freundinnen bleiben würden. Und ich bat sie, mir zu verzeihen, ich könnte nicht anders handeln. Es tat mir sehr leid, dass ich meine Freundin nicht mehr sehen konnte, aber für sie war es bestimmt nicht so schlimm. Mit ihrer freundlichen Art würde sie bestimmt gleich wieder Anschluss finden, außerdem war sie als schwerreiches Mädchen im Internat von allen voll akzeptiert. Trotzdem, die Vorstellung, dass sie nach ihrer Ankunft ein leeres Zimmer vorgefunden hatte, tat mir weh. Menschen wie Francesca verdienen das nicht.

Von Herrn von Goldegg bekam ich keinen Brief, nie wieder. Ich hatte ihm gleich nach meiner Ankunft zu Hause einen längeren Brief geschrieben, in dem ich mich nochmals für seine Großzügigkeit bedankte und ihm erklärte, warum ich nicht mehr bleiben konnte. Peter erwähnte ich mit keiner Silbe. Wahrscheinlich war sein Vater froh darüber, dieses Thema nun endgültig abschließen zu können.

Zwei Wochen nach meiner Heimkehr sollte sich dann mein Schicksal wieder wenden. Ich saß vor dem Haus auf einer Bank. Obwohl es erst Anfang Februar war, schien die Sonne relativ warm und es war ein sehr angenehmes Gefühl, so nahe beim Schlern im Freien zu sitzen. Ich hatte soeben mit meiner Schwester zusammen das Mittagsgeschirr abgespült, und nun saß ich da mit meinem Strickzeug und dachte darüber nach, wie es weitergehen sollte in meinem Leben. Ich hatte wenig Geduld und hoffte, der Pfarrer hätte mich nicht vergessen.

Plötzlich sah ich, dass eine Gestalt auf unser Haus zukam. Zuerst sah ich nur einen dunklen Punkt, dann kam die Person näher und ich sah, dass es eine Frau war, eine fremde Frau, die ich nie zuvor gesehen hatte. Sie blieb vor dem Haus stehen und grüßte. „Anna Pircher?“ – „Ja, grüß Gott, das bin ich.“ Sie sagte, dass sie eine Nachricht für mich habe, ich solle am nächsten Tag nach Bozen fahren, um mich dort mit einer Frau Maier zu treffen, um halb elf in einem Privathaus im Zentrum. Ich stellte keine Fragen und nickte. Ich fragte sie noch, ob sie etwas trinken oder kurz rasten wolle, doch da war sie auch schon wieder fort. Abends vor dem Einschlafen war ich dann doch sehr aufgeregt. Ich wusste, worum es beim morgigen Gespräch gehen würde. Mein Abenteuer begann.

Am nächsten Tag stand ich sehr früh auf, es war ein weiter Weg bis nach Bozen. Zum Glück nahm mich ein Wagen ein Stückchen mit. Anhand der Adresse, die ich mir auf einen kleinen Zettel geschrieben hatte, fand ich das geheime Haus und kam pünktlich dort an. Das Haus befand sich nicht unweit von Peters Zuhause und längst vergessen geglaubte Gefühle stiegen in mir hoch. Ich ärgerte mich über mich selbst, aber zu nahe war ich am Ort unserer Liebe. Ich versuchte, die Gedanken zu verdrängen und klingelte. Von einem Hausmädchen wurde ich in ein Hinterzimmer geführt. Dort wartete ich zehn Minuten lang. Dann kam eine ältere Frau herein, sie schüttelte mir kurz die Hand und setzte sich dann neben mich. „Wie alt bist du?“, begann sie. „Achtzehn.“ – „So hast du also noch die deutsche Schule besucht?“ – „Ja, zuletzt haben wir auch Italienisch gelernt." – „Glaubst du, dass du gut genug Deutsch schriftlich und mündlich kannst, um unsere Kinder zu unterrichten?" Sie sah mich fragend an, aufrichtig und nüchtern. Ich erwiderte ihren Blick und antwortete ebenso klar und deutlich: „Ja!" Sie sah mich prüfend an, dann stellte sie mir einige Fragen zu meinem Lebenslauf und war erstaunt darüber, dass ich im Trentino zur Schule gegangen war, vielleicht auch ein bisschen misstrauisch. In dieser Zeit konnte man niemandem trauen. Ich sah den Zweifel in ihrem Blick, da sah ich ihr wieder fest in die Augen und erklärte: „Ich habe es nicht mehr ausgehalten dort. Mein letzter Dienstherr hat mir das Studium finanziert, weil er mich für sehr begabt hielt. Aber es waren zu viele faschistische Lehrer dort und nur reiche Mädchen aus gutem Hause, als armes deutsches Mädchen fühlte ich mich völlig fehl am Platze. Deshalb bin ich fortgegangen. Ich will unsere Kinder unterrichten. Ich spreche ausgezeichnet Italienisch und ich beherrsche meine Muttersprache perfekt. Sie können mir vertrauen." Sie sah mich immer noch zweifelnd an, aber der Pfarrer hatte mich empfohlen und irgendetwas an mir schien sie überzeugt zu haben, denn sie reichte mir die Hand und sagte: „Gut. Du kannst an unserem Kurs hier im Bozner Marieninternat teilnehmen. Er hat bereits begonnen, aber wenn du wirklich so begabt bist, wirst du den Lernstoff rasch aufholen. Du nimmst bis April daran teil, dann kannst du irgendwo unterrichten. Alles Weitere erfährst du später."

Die Katakombenschulen waren erstklassig organisiert. Finanziell unterstützt wurden sie vor allem vom deutschsprachigen

Ausland. Alles war straff organisiert. Einige Katakombenlehrer hatten große Probleme mit den Behörden, je nach Bürgermeister – damals keine gewählten Volsvertreter, sondern von der Obrigkeit eingesetzte podestá – wurden die Gesetze zur Auslöschung unserer Kultur unterschiedlich straff ausgelegt. Du musst wissen, dass durch das Verbot des deutschen Unterrichts auch viele ehemalige Lehrer große Probleme hatten, da sie nun plötzlich arbeitslos und ohne Geld dastanden. Sie hatten oft kinderreiche Familien zu versorgen, die nun nahe an der Armutsgrenze leben mussten. Es war eine schlimme Zeit.

In Bozen lernten wir fast rund um die Uhr. Durch unsere schnelle Ausbildung sollten wir imstande sein, den Kindern die Grundlagen der deutschen Sprache beizubringen. Wir hatten alle ein gemeinsames Ziel: im Untergrund gegen den Faschismus zu arbeiten und so unsere Kinder nicht zu orientierungslosen Analphabeten werden zu lassen. Zu viele Kinder waren bereits unfähig, sich schriftlich auszudrücken, auf Deutsch wie auf Italienisch.

Nach unserer Ausbildung sollten wir auf unsere Schützlinge losgelassen werden. Die Ausbildner unterrichteten uns nicht nur in Unterrichtslehre, Singen und Pädagogik, sondern verschwiegen uns auch nicht, dass wir sehr vorsichtig sein mussten, um keine Probleme mit der Justiz zu bekommen. Und uns wurde auch eingeflößt, auf keinen Fall irgendwelche Namen oder Details weiterzusagen, niemandem, auch nicht Verwandten und besten Freunden.

So kam es, dass ich nach diesen wenigen Wochen sehr viel gelernt hatte. Nach der abgeschlossenen Ausbildung wurde mir mitgeteilt, dass ich ganz in der Nähe von meinem Heimatort unterrichten würde. Ich sollte auf den Riederhof im Nachbardorf, ungefähr vier Stunden Fußmarsch von meinem Dorf entfernt. Dort arbeitete ich zur Tarnung als Dienstmagd, nach der italienischen Schule aber war ich für den Deutschunterricht der Kinder verantwortlich. Die Bauersleute waren sehr wohlhabend und setzten sich sehr für die Bildung ihrer Kinder ein. Die Schüler mussten bis zum Nachmittag die italienische Schule besuchen, so blieben uns nach ihrer Heimkehr nur die frühen Abendstunden.

Bevor ich mich dorthin begab, ging ich nochmals zu meinem Vater und meiner Schwester, um mich zu verabschieden und ihnen meinen neuen Aufenthaltsort mitzuteilen. Ich hatte ihnen erzählt, dass ich einige Wochen lang meine Freundin Francesca besuchen würde, da ich niemandem von der Bozner Ausbildung erzählen durfte. Ihnen war das während des Schuljahrs zwar seltsam vorgekommen, aber sie hatten nichts dazu gesagt.

Francesca versuchte inzwischen nicht mehr, mich umzustimmen, sie hatte mich nun wohl verstanden. Aber sie bedauerte meine Abwesenheit. Sie schrieb mir, dass sie nach der Schule eine längere Reise mit ihrem Vater unternehmen würde und lud mich ein, sie später wieder einmal zu besuchen. Ich wünschte ihr Glück, auf den Besuch ging ich jedoch nicht ein. Ich hatte nun ein klares Ziel vor Augen und wollte meine ganze Energie dafür investieren. Ich hatte immer schon Lehrerin werden wollen und nun würde sich mein Traum verwirklichen, wenn auch unter völlig anderen Umständen, als ich sie mir je erträumt hätte.

✶

Der Riederhof war schön gelegen, ein großer Hof mit viel Vieh und einem großen Waldbesitz. Die Bauersleute empfingen mich freundlich und stellten mir ihre Kinder vor: Seffa, Luis, Sepp, Moidele, Karl und Rosl. Nur einer fehlte: Franz, der Älteste, der gerade seinen Militärdienst in den Abruzzen ableisten musste. Sie erzählten das mit Bitterkeit in der Stimme, er war schon so viele Monate weg.

„Aber nur noch wenige Monate, dann kommt er endlich wieder, dann ist der Militärdienst zum Glück vorbei!", versprach seine Mutter. Mir wurde eine Kammer im Dachgeschoss zugewiesen, die ich mit den zwei jüngsten Mädchen teilte. Offiziell war ich Dienstmagd und tagsüber arbeitete ich auch einige Stunden lang als solche. Ich half in Küche und Stall mit, aber ein paar Stunden nutzte ich täglich zur Vorbereitung meines Unterrichts.

Um halb fünf Uhr abends kamen sie dann immer alle zu mir, neben den fünf jüngsten Kindern der Familie – Seffa war bereits achtzehn und würde bald heiraten – kamen noch insgesamt sechs Kinder von verschiedenen Höfen dazu. Alle hatten eine eigene Schiefertafel, darauf übten wir die deutschen Buchstaben, außerdem besaßen wir Fibeln. Alles wurde uns durch die Organisation mit Hilfe aus dem Ausland zur Verfügung gestellt. Die Kinder waren sehr diszipliniert und man merkte ihnen an, dass sie wirklich lernen wollten. Auch wenn sie noch so klein waren, sie verstanden doch das Unrecht, das ihnen geschah, und machten fleißig mit. Sie waren zwischen sieben und zwölf Jahre alt und besuchten verschiedene Klassen.

Die Größeren stöhnten über ihren strengen Lehrer in der Schule, der sie anscheinend nicht mochte und auch vor Handgreiflichkeiten nicht zurückscheute. Die Kleineren hingegen hatten eine sehr nette Lehrerin, die gut mit ihnen umzugehen wusste. Sie hatten zwar von zu Hause mitbekommen, dass das Italienische dort wenig zählte, doch durch ihr gutes Verhältnis mit der aufgeschlossenen Lehrerin profitierten sie von beiden Seiten. Traurig machte mich, dass die Kinder wirklich sehr gefordert waren. Nach den Schulstunden auf Italienisch dann auch noch unser geheimer Deutschunterricht, das war schon happig. Und doch, sie bemühten sich und wollten wirklich lernen. Das war für mich sehr beeindruckend.

Ich konnte endlich etwas tun, was mir wirklich lag. Und durch meine eigene Schulgeschichte hatte ich erfahren, wie verschieden die Kinder doch sind in ihren Begabungen. Auch wenn ich sie nur sehr wenige Stunden unterrichten durfte, so versuchte ich doch, jedem Kind gerecht zu werden, keines zu über- oder zu unterfordern. Ich übte mit ihnen und freute mich, wenn sie wieder etwas Neues gelernt hatten. Es war eine unglaubliche Befriedigung für mich und ich bedauerte es öfters, dass ich nicht zu einer anderen Zeit an einem friedlicheren Ort war, denn dann hätte ich vielleicht normal an einer Schule unterrichten dürfen. Aber ich nahm es so, wie es kam, und als auch die Kleinsten dann kurze deutsche Texte schreiben und lesen konnten, war ich überzeugt davon, das Richtige zu tun. Die Bauersleute waren immer nett zu mir, sie schätzten mich, das ließen sie mich spüren. Die Kinder waren brav und für mich hätte es ewig so weitergehen können.

Doch irgendjemand musste mitbekommen haben, was wir auf dem Riederhof trieben. Vielleicht war jemandem aufgefallen, dass immer sehr viele Kinder nach der Schule hierher kamen? Oder ein Kind hatte sich verplappert? Oder aber eines der Kinder hatte in der Schule die Sprachen und Schriften verwechselt? Jedenfalls stürmte einmal gegen Ende Mai Joggl, der Knecht, plötzlich in die Stube, die wir als Lernzimmer nutzten, und schrie: „Sie kommen! Die Carabinieri! Sie kommen und sind schon bald da!"

Auf diesen Moment waren wir in unserer Ausbildung genau vorbereitet worden und wir hatten auch schon mit den Kindern „Notfallübungen" durchgeführt: Die Kinder, die nicht im Hause wohnten, rannten durch den Hinterausgang in den Wald, bergaufwärts, und dann alle nach Hause. Die Fibeln und Tafeln nahm Joggl mit in den Keller, dort versteckte er sie in einem alten Fass, das seit Jahren nicht mehr genutzt wurde. Die größeren Kinder rannten in den Stall und machten sich dort nützlich. Das jüngste Kind spielte am Boden mit Holzklötzen. Und die anderen schrieben fleißig italienische Vokabeln auf ihre Schiefertafeln. Ich hatte mein Strickzeug in der Hand und strickte Socken. Das alles passierte in nicht einmal drei Minuten. Wir hatten eben alles perfekt einstudiert, jeder wusste, was er zu tun hatte. Als dann grob an die Haustür geklopft wurde, lächelte ich die Kinder aufmunternd an und sagte: „Ihr braucht gar keine Angst zu haben, Kinder, es ist alles in Ordnung. Ich verspreche euch, alles wird gut." Und damit waren sie auch schon in der Stube, zwei Männer um die Dreißig, und schrien mich an.

Ob hier Unterricht erteilt würde, wollten sie wissen. Ich strich mir lächelnd durch das Haar und antwortete in meinem akzentfreien Italienisch: „Was für ein Unterricht? Wie meinen Sie das, meine Herren?" Die beiden Männer zögerten. Ich lächelte unschuldig. Ein paar Haarsträhnen hatte ich unauffällig aus meinem Knoten herausgezogen, die leuchteten nun golden in der Frühlingssonne. Jedes Mittel war recht, ich wollte mir meine Pläne auf keinen Fall von irgendjemandem durchkreuzen lassen. Die Männer schienen sich nicht sicher zu sein, was sie nun machen sollten. „Warum sprechen Sie so gut Italienisch, Signorina?", fragte einer der beiden schließlich. „Ich habe eine Oberschule im Trentino besucht", antwortete ich freundlich. „Und was machen Sie dann hier, auf diesem

Hof?" – „Die Schule war sehr schwierig, zu schwierig für mich, deswegen bin ich wieder nach Hause zurückgekehrt. Und jetzt arbeite ich hier als Dienstmädchen, schon seit ein paar Monaten." Sie nickten, dann zuckten sie mit den Schultern und sagten, in der Gegend gäbe es viele Menschen, die illegal Kinder unterrichteten, auf Deutsch. Entsetzt sah ich ihn an: „Das könnte ich nie, ich kann nur mehr auf Italienisch gut schreiben", gab ich vor und die beiden sahen nun sehr zufrieden aus. Bevor sie wieder gingen, fragte mich einer der beiden noch lächelnd, ob ich nicht einmal mit ihm ausgehen wollte. Ich sah ihn bestürzt an, was er denn von mir denke, ich sei ein ehrbares Mädchen und ginge nicht mit einem Fremden aus. Er entschuldigte sich und verschwand. Er sah übrigens sehr gut aus, dunkelhaarig wie Peter und groß. Zu einem anderen Zeitpunkt hätte sich vielleicht etwas ergeben zwischen aus, er hatte freundliche Augen und ein ehrliches Gesicht. Es widerstrebte mir, so zu lügen, aber wir waren eben eine Minderheit, die um ihre grundlegendsten Rechte mit allen Mitteln kämpfen musste.

Die Tage flossen dahin. Putzen, waschen, den Unterricht vorbereiten, unterrichten, mit den Kindern spielen und lesen, so sah mein Tagesablauf aus. In dieser Zeit wurde ich innerlich immer ausgeglichener, ich hatte endlich eine Aufgabe, die mich voll und ganz befriedigte. Es war ein ungemeiner Reiz für mich, Kindern, die zuerst noch nicht an sich selbst glaubten und bisher großteils schlechte Erfahrungen im Unterricht gemacht hatten, zu helfen, etwas zu können, zu beherrschen. Jedes Kind war anders, ich dachte mir immer neue Strategien aus, um sie zu motivieren. Abends konnte ich dann das tun, was ich immer schon getan habe und immer tun werde, solange es meine Augen erlauben: lesen, lesen, lesen. Der freundliche Carabiniere versorgte mich mit Lektüre, ebenso der Dorfpfarrer. Ich wollte dem netten jungen Mann wirklich keine Hoffnungen machen, denn als Katakombenlehrerin hätte ich sicher nicht mit einem Vertreter der italienischen Polizei zusammengepasst.

Irgendwann, als ich das Zimmer des ältesten Sohnes Franz saubermachte, fand ich auch dort einige interessante Bücher. Er war immer noch beim Militär, sollte aber schon in zwei Wochen zurückkommen. Alle freuten sich darauf, vor allem seine Verlobte, Thresl vom Nachbarhof. Ebenso wie die Eltern von Franz waren auch Thresls Eltern reiche Bauern mit einem großen Hof und viel Vieh. So passten die beiden ausgezeichnet zusammen. Ich mochte Thresl, in letzter Zeit kam sie öfters zu uns, da sie immer wieder auf Nachricht von Franz hoffte. So half sie uns hier und dort und mir war sie auf Anhieb sympathisch. Sie schaute auch manchmal zu, wenn ich die Kinder unterrichtete, aber selber traute sie es sich nicht zu, lieber stand sie draußen Wache. Thresl war groß und kräftig und hatte ein hübsches Gesicht. Sie hatte dunkle Locken und rote Wangen und sah sehr gesund aus. Sie würde Franz sicher viele Kinder schenken. Von Franz wusste ich nur wenig, nur dass er Jahrgang 1909 war, also drei Jahre älter als ich und jetzt einundzwanzig. Thresl war ein Jahr älter als er, sie hatten schon die Schule zusammen besucht, wie sie mir mit leuchtenden Augen berichtete. Ich hatte eigentlich nie über Franz nachgedacht, aber als ich sah, wie viele Bücher in seinem Zimmer waren, staunte ich. Er hatte Goethe gelesen und Keller und sogar Hauptmann, was mich eigentlich wunderte. Er hatte keine höhere Schule besucht, sondern sollte einmal den großen elterlichen Hof übernehmen.

Als ich seine Mutter bat, die Bücher ausleihen zu dürfen, erlaubte sie es mir gerne. „Der Junge hatte immer schon nichts als seine Bücher im Kopf, die hat ihm ein Verwandter meines Mannes, ein Arzt aus Bozen, zugesteckt. Franz wollte sogar auf die höhere Schule. Aber seit der Krieg verloren wurde, ist alles so durcheinander bei uns, mit dem Faschismus und den italienischen Schulen … als unser Ältester war Franz sowieso immer schon dafür vorgesehen, einmal den Hof zu übernehmen“, erzählte sie mir. Als ich mit Thresl über Franz' Bücher sprach, lachte diese. „Ich habe noch nie ein Buch gelesen und bin auch nicht dumm!“, sagte sie überzeugt. „Ich brauche keinen Studierten, sondern einen Bauern, der auf den Hof schaut!“

Franz kam im Sommer nach Hause. Alle hatten sich schon seit Tagen auf diesen Moment vorbereitet. Das Haus war frisch gestrichen worden und viele Leckereien warteten schon auf die Rückkehr des Hoferben. Ich übte mit den Kindern ein Lied, das sie ihrem Bruder vorsingen sollten. Thresl hatte eigens ihre wunderschöne Tracht angezogen, sie sah wirklich gut aus darin. Als der große Moment dann da war, hatte sogar der Vater Tränen in den Augen, die er verstohlen wegwischte.

Der älteste Sohn war so lange Zeit fort gewesen, im Süden bei den „Walschen“, er konnte kaum glauben, dass er nun für immer unversehrt nach Hause kommen würde.

Und er kam! Er rannte das letzte Stück bis zu seinem Heimathaus, so sehr schien er sich zu freuen. Dann umarmte er seine jüngeren Geschwister, die ihm entgegengelaufen waren, eines nach dem anderen. An eine geordnete Aufstellung beim Singen war nun nicht mehr zu denken. Er ging zu seinen Eltern, umarmte seine Mutter und reichte seinem Vater die Hand. Schließlich ging er auf Thresl zu, die ihm um den Hals fiel. Braun gebrannt war er, der Franz, braun gebrannt, mit blonden Haaren, die im Kontrast dazu standen. Er hatte eine markante Nase und braune Augen. Er war sehr groß, über eins achtzig bestimmt, und trug noch die italienische Uniform. Während er seine Verlobte begrüßte, ließ ich die Kinder sich doch noch schön aufstellen und dann sangen sie unser schönes Lied: „Wohl ist die Welt so groß und weit“. Da hielt Franz inne und hörte ihnen aufmerksam zu. Sie sangen es wirklich sehr schön, wir hatten fleißig geübt. Und es war wirklich gelungen, dem Heimkehrer eine Freude zu machen. „Wisst ihr“, sagte er leise, „dieses Lied habe ich so lange nicht mehr gehört, ich hatte es schon fast vergessen.“ Und damit ging er nochmals zu seinen Geschwistern und umarmte sie alle zugleich, von links nach rechts. Als dann alle eintraten und sich über das gute Mahl hermachten, zog ich mich unauffällig zu den Dienstboten in die Küche zurück. Ich wollte als einzige Fremde die Wiedersehensfreude der Familie nicht stören.

Abends dann, nach dem gemeinsamen Rosenkranz – die meisten Kinder schliefen schon, trotz der Aufregung – erzählte uns Franz von seinen Erfahrungen. „War es sehr schlimm?“, fragte sein Vater besorgt. „Schlimm? Nein, schlimm war es nicht. Zuerst hatte ich großes Heimweh, ich dachte sogar ein paar Mal daran, einfach davonzulaufen. Aber dann habe ich mich eingewöhnt und es war gar nicht so schlecht. Ganz nahe am Meer sind wir gewesen, das kennt ihr alle ja gar nicht, und das ist schon etwas Einmaliges. Wenn man dort am Strand sitzt und hinausschaut, da sieht man nur Wasser, Wasser, Wasser.“ Alle hörten Franz gebannt zu. „Der Sand ist hell, fast weiß, und große weiße Vögel kreisen überall, die Möwen. Und die Italiener – zuerst hatte ich fast Angst vor ihnen, bei uns haben wir ja keine so guten Erfahrungen gemacht. Aber unten – ich habe viele Freunde gefunden unter ihnen.“ – „Freunde?“ Der Vater schaute seinen Sohn ungläubig an. „Ja, Vater, Freunde. Es waren sehr nette Kerle dabei. Es ist wie überall – es gibt nette und weniger nette Menschen. Aber die meisten waren in Ordnung. Das waren auch keine Faschisten, ganz normale junge Männer, die wie ich zum Militär mussten. Einer wollte mir sogar seine Schwester vermitteln, doch da habe ich nein gesagt, ich hab doch schon die Thresl. Er wird mich einmal besuchen kommen, hat er mir versprochen, der Giorgio. Das war mein bester Freund dort.“ – „Aber wie habt ihr euch denn unterhalten, du sprichst ja kaum Italienisch“, wunderte sich die Mutter. „Nein, aber ihr werdet es nicht glauben, ich kann jetzt gleich gut reden wie die Italiener. Wenn man immer nur dort ist und mit keinem sonst spricht, da lernt man die Sprache schnell. Es hat mir sehr gut gefallen. Und wir haben immer gut zu essen bekommen, Spaghetti und manchmal Pizza, ganz anders als hier. Auch Oliven habe ich kennen gelernt, die schmecken mir besonders gut. Aber trotzdem – wir alle wollten nach Hause. Fast anderthalb Jahre – das ist so lange, die Wochen und Tage hören gar nicht mehr auf. Und auch wenn das Meer noch so schön ist und die Menschen freundlich, irgendwann habe ich dann doch angefangen, die Tage zu zählen. Und jetzt – jetzt bin ich da!" Alle lauschten seinen Worten, kaum konnten sie glauben, dass es ihm eigentlich recht gut gegangen war. Durch die häufigen Schwierigkeiten mit der italienischen Obrigkeit wurde oft vergessen, dass es auch bei den Italienern gute Leute gibt. Das war eben auch eine Folge dieses unseligen faschistischen Gehabes bei uns: Die meisten wollten in jener Zeit mit den Italienern gar nichts zu tun haben und hatten so auch keine Gelegenheit, sie näher kennen und vielleicht mögen zu lernen.

Am ersten Abend, als ich dort zwischen Mena und Sofie, den beiden Mägden, saß, nahm Franz mich überhaupt nicht wahr. Er hielt mich wohl für eine neue Magd, außerdem hatte er nur Augen für seine treue Thresl, auf die er sich so gefreut hatte. Erst nach ein paar Tagen wurde ihm bewusst, was in der Stube seines Heimathauses getrieben wurde.

Wir waren eines Tages gerade dabei, Wörter mit der Buchstabenkombination „st" zu üben, Stern und Stube und Stall, als Franz plötzlich nichts ahnend in die Stube trat. Alle Kinder hatten ihre Täfelchen vor sich und schrieben emsig. Er sah sich erstaunt um und blieb abrupt stehen. Dann sah er mich an, die Stirn runzelnd, und da nahm er mich wohl das erste Mal richtig wahr. „Was treibt ihr denn da?“, fragte er mich ungläubig. „Wir lernen“, antwortete ich ruhig, „wir lernen Deutsch lesen und schreiben.“ – „Aha. Wissen das die Eltern?“ – „Natürlich“, antwortete Luis, mein ältester Schützling, naseweis, „deswegen ist die Anna ja da. Magd ist sie nur zum Schein, wegen der Carabinieri.“ – „Aha“, machte Franz noch einmal und starrte mich an. Ich wollte den Unterricht nicht weiter unterbrechen, deshalb bat ich ihn, nach dem Unterricht mit mir darüber zu sprechen. So ging er ganz verdattert wieder zur Türe hinaus und wir konnten mit dem Unterricht fortfahren. Nachher wartete ich noch eine Viertelstunde auf ihn, doch er kam nicht. Wahrscheinlich hatte er sich schon bei seinen Eltern danach erkundigt, was hier los war. Einen Moment lang befürchtete ich schon, dass er etwas dagegen haben könnte, aber konnte das sein? Konnte ein Liebhaber der Literatur verhindern wollen, dass seine kleinen Geschwister ihre Muttersprache richtig lernten? Ich konnte es nicht glauben.

Am nächsten Tag, während ich gerade am Trog vor dem Haus Wäsche wusch, kam er auf mich zu. „Ich habe gar nicht gewusst, was hier vor sich geht“, sagte er freundlich, „Mama und Tata und eine Geheimschule – das hätte ich nie geahnt.“ – „Aber du verrätst uns doch nicht?“, fragte ich vorsichtig. „Aber nein, ich finde das sehr gut! Ich wusste gar nicht, dass das jetzt an mehreren Orten hier geschieht, aber ich werde euch voll und ganz unterstützen. Ich war immer ein guter Schüler, wenn du willst, lerne ich auch einmal mit den Kindern." Ich freute mich aufrichtig. „Ja, das wäre sicher gut für sie, auch einmal von ihrem großen Bruder unterrichtet zu werden. Ich habe übrigens deine Bücher ausgeliehen und fast alle schon gelesen, deine Mutter hat es mir erlaubt." – „Meine Bücher? Dann bist du wohl auch eine Leseratte. Und ein kluges Köpfchen dazu!" Diesen Ausdruck hatte ich schon öfters gehört, mich aber nie mit ihm angefreundet, deshalb schwieg ich. So betrachtete er das Gespräch für beendet und ging.

Als im Herbst die italienische Schule wieder anfing, hatte Luis, mein ältester Schüler, bald große Probleme dort. Er hatte sich mit seinem Italienischlehrer angelegt und sogar einmal Prügel dafür kassiert. Er hasste die Schule und wollte gar nicht mehr hingehen. Alles Zureden half nichts. Da bat ich Franz, sich seines Bruders anzunehmen. Franz begleitete ihn dann selbst in die Schule. Er bat den Lehrer um ein persönliches Gespräch. Der Lehrer, nicht viel älter als Franz, freute sich über ein Gespräch mit einem Gleichaltrigen, der gut Italienisch konnte, im Gegensatz zu den meisten Dorfbewohnern. Er beklagte sich darüber, dass Luis sehr faul sei und fast nichts leiste. Seinen Verdacht, dass der Junge zu Hause zusätzlichen Unterricht erhalte, äußerte er nicht. Er hatte es satt, immer und überall nur spionieren zu müssen und sich alle zu Feinden zu machen. Sollten die Dorfkinder doch daheim machen, was sie wollten, aber in der Schule mussten sie sich benehmen. Franz versprach, sich um seinen Bruder zu kümmern. Von nun an lernte er vor unserem Unterricht eine halbe Stunde mit Luis, damit er in der italienischen Schule besser mitkam. Auch ich half ihm bei seinen Hausaufgaben und schrieb ihm einige Male sogar einfache italienische Aufsätze, um seine Noten zu verbessern. Ich rechnete mit ihm, so schafften Franz und ich es gemeinsam, dass er wieder einigermaßen in der Schule mitkam. Durch seine besseren Noten ging er auch lieber zur Schule und störte weniger. Es war eben viel für die Kinder, der doppelte Unterricht. Franz und ich sahen uns sehr häufig, oft sprachen wir über die Aufgaben und über die nächsten Schritte unserer Arbeit.

„Anna, ich habe noch nie so ein schlaues Mädchen kennen gelernt wie dich", sagte er einmal und lächelte. „Ihr Männer glaubt immer, dass nur ihr gescheit seid, das habe ich schon verstanden", antwortete ich, doch da lachte er mich aus. „Du bist ja eine richtige Schneidige!", sagte er und von nun an zog er mich immer wieder auf. Ich freute mich, wenn ich ihn sah, wir lachten und arbeiteten zusammen. Thresl schien das nicht zu stören, sie war dabei, ihre Hochzeit vorzubereiten, die im Februar stattfinden sollte. Sie nähte fleißig ihre Aussteuer und versah sie mit Monogrammen. Ich freute mich für sie, ich war der Meinung, dass die beiden wirklich gut zusammenpassten.

*

So gingen die Tage dahin, ich fühlte mich sehr wohl auf dem Riederhof. Ich hatte „meine" Kinder und war wunschlos glücklich. Oft, wenn ich am bereits herbstlich frischen Abend noch mit den Kindern vor dem Haus spielte, schaute ich auf den traumhaft schönen Schlern und dachte bei mir, was für ein Glück wir doch haben, in so einer wunderschönen Gegend zu leben. Der liebe Gott hat es wirklich gut mit uns gemeint. Ich hoffte und betete inständig, dass die Situation in unserem Lande wieder besser würde.

Dann, eines Abends, erlitt mein zufriedener Alltag einen großen Einbruch.

Einige Burschen waren zu Besuch, die öfters das Holz vom Riederhof abholten und es dann in Bozen verkauften. Es gab zu essen und zu trinken, und am Abend spielte einer von ihnen auf der Ziehharmonika. Draußen regnete es. Franz tanzte mit seinen Schwestern und einmal sogar mit mir, dann erzählten die Burschen die verschiedenen Neuigkeiten aus der Stadt und insbesondere über die von der Dorfbevölkerung oft verlachten Städter. „Stellt euch vor, die Frau von Rafenstein hat einen Hund, der sieht genauso aus wie sie!", erzählte der erste. „Beide groß und hager und spitz im Gesicht, und dann trägt sie auch noch einen weißen Pelzmantel, die müsstet ihr mal nebeneinander sehen!" Alle lachten und ich lachte mit. Es war eine lustige Gesellschaft.

Nun begann ein anderer zu erzählen: „Ein Mädchen ist dort in Bozen, das hat schon so viele Männer geküsst, sie hat immer Buch geführt darüber. Und nun, kurz vor der Hochzeit, hat der Bräutigam die Liste gefunden. Da ist es aufgegangen, das könnt ihr mir glauben!" – „Und, haben sie dann geheiratet?" – „Ja, aber die ganze Stadt lacht jetzt über den Armen, da wird wohl sie die Hosen anhaben!" Der Erzähler näherte sich mir, er legte mir den Arm um die Schulter, doch ich wehrte ihn freundlich, aber entschieden ab. „Bist du eine Stolze?", fragte er mich, doch da griff schon Franz ein, der die Szene beobachtet hat. „Die Anna, die ist nichts für dich, lass sie nur", und da ließ er tatsächlich von mir ab und machte sich an die Magd Mena heran.

Ich lächelte Franz, der an diesem Abend ohne seine Thresl war, dankbar zu, ich wollte mich nicht mit den halb betrunkenen Burschen herumstreiten. Der dritte im Bunde war nun an der Reihe. „Und wisst ihr, was ich euch zu berichten habe? Eigentlich ist es nichts Lustiges, sondern etwas Trauriges." Alle hielten den Atem an und hörten zu, was nun kommen würde. „Stellt euch vor, in Bozen ist einer, ein ganz reicher Mann, der hat nur einen Sohn, dem hätten sie alles übergeben, das ganze Geld und die Häuser. Und wisst ihr, was passiert ist? Mit so einem Automobil ist er gefahren, das hat ihm sein Herr Papa geschenkt, unten bei Mailand, viel zu schnell, geradewegs auf einen Baum. Sie sagen, er ist betrunken gewesen." – „Was war denn das für einer?", fragte Mena. „Studiert hat er, der junge Herr, unten in Mailand. Vor längerer Zeit hatte er eine Liebschaft mit einem Dienstmädchen, da konnte ja nix draus werden, deswegen wurde er weit weg geschickt. Und so ist er nun geendet." Einige lachten betrunken, andere sahen betroffen drein.

Ich war leichenblass geworden, eine schreckliche Ahnung durchfuhr mich. Mit bebenden Lippen stellte ich leise die alles entscheidende Frage: „Wie hieß der junge Mann?“ Der Erzähler verstand mich nicht gleich, er hatte schon begonnen, etwas anderes zu berichten, so musste ich meine Frage wiederholen. „Der junge Autofahrer? Von Goldegg, Peter von Goldegg, aber wenn dich meine Geschichten so aufregen, ist es besser, wenn du ins Bett gehst, junges Mädchen!“

Ich hatte das Gefühl, dass meine Beine keine Kraft mehr hatten, trotzdem schaffte ich es vors Haus hinaus, in den strömenden Regen, und konnte mich dort nicht mehr halten, die Tränen rannen mir übers Gesicht wie zwei Bäche, ich konnte keinen klaren Gedanken mehr fassen.

Peter, Peter, Peter …!

Da spürte ich plötzlich zwei Arme hinter mir, die mir eine Jacke um die Schultern legten und mich dann sanft ins Haus zogen. Franz war mir gefolgt und sah mich eindringlich an. Ich ließ mich hineinziehen, dann ging ich ohne ein Wort des Grußes oder des Dankes in meine Kammer hinauf und weinte noch die ganze Nacht lang. Am nächsten Tag bat ich die Bäuerin schon in aller Frühe, ob ich ein paar Tage frei haben könnte, ich müsste dringend etwas erledigen, und sie ließ mich problemlos ziehen. Franz sah ich gar nicht, es war noch sehr früh, und meine Gedanken galten auch nicht ihm, sondern nur Peter.

Ich begab mich direkt nach Bozen. Ich wollte sein Grab sehen, nur sein Grab, mehr wollte ich nicht. Ich wollte mich von ihm verabschieden, von ihm, meiner großen Liebe. In Bozen angekommen, ging ich sofort zum städtischen Friedhof. Ein Teil des Bozner Friedhofs befand sich zu dieser Zeit noch im Zentrum, ganz in der Nähe der Kirche, noch nicht wie heute in der Pfarrhofstraße. Vor allem die Familiengräber durften noch einige Zeit lang im Zentrum bleiben. Der Friedhof war viel kleiner als der jetzige, aber doch nicht so übersichtlich, dass ich ein Grab nur einfach so gefunden hätte. Deshalb fragte ich den Friedhofswärter nach dem Grab von Peter von Goldegg. Er wusste sofort, von wem ich sprach, und führte mich schweigend dorthin.

Sein Bild hing zuunterst unter seinem Großvater, seiner Großmutter und zwei unverheirateten Großonkeln. Er sah hübsch aus, wie immer, ziemlich älter, als ich ihn in Erinnerung hatte. Sein Blick war ernst. Ich sah ihn an, und zuerst rann mir nur eine Träne über die Wange hinunter, dann noch eine und noch eine, und schließlich weinte ich und konnte mich fast nicht mehr halten. Die weißen Blumen, die ich vorher gekauft hatte, hielt ich ganz fest, ich war überwältigt von der Trauer und den Erinnerungen an meine erste große Liebe.

Plötzlich spürte ich, wie jemand von hinten sanft meine Schulter berührte. Herr von Goldegg stand hinter mir, er blickte mich ernst an. Er war unglaublich gealtert seit unserer letzten Begegnung, die ja erst zwei Jahre her war. Es war mir unangenehm, ihn hier anzutreffen, aber er reichte mir ein Taschentuch, in das ich hineinschnäuzte. „Er hat dich damals wirklich sehr gemocht, ich habe sein Tagebuch gefunden. Es ist ihm sehr schwer gefallen, dich gehen zu lassen. In der Schule ist es besser gegangen in letzter Zeit, er hat Freunde gefunden, die ihm wichtig waren. Das Automobil habe ich ihm geschenkt." Er tat mir leid, wie er da stand, aufrecht zwar, aber doch hoffnungslos in der Trauer um seinen einzigen Sohn. Ich drückte ihm fest die Hand. „Sie haben mein aufrichtiges Beileid!" Er sah mich lange an. „Du bist älter geworden, Anna, und reifer und sehr hübsch. Oft frage ich mich, ob alles anders gekommen wäre, wenn ich mich nicht so gegen dich gesträubt hätte. Dann wäre er nicht nach Mailand gegangen ... Oft frage ich mich, ob er an dir persönlich oder an dem Mädchen, das so anders war als sein Elternhaus, hing. Ich weiß es nicht. Niemand wird mir diese Frage je beantworten können." Er schwieg eine Zeit lang und blickte ins Leere.

Dann wandte er sich wieder mir zu. „Was machst du jetzt, Anna?" Ich errötete. „Ich habe es nicht mehr ausgehalten dort, alles war so ... so kalt und unfreundlich und faschistisch. Sie konnten einfach nicht vertragen, dass da ein armes Dienstmädchen kommt und immer die Beste ist. Ich hatte eine gute Freundin dort, wir schreiben uns immer noch, aber ich war so erleichtert, als ich dann fort war." – „Tja, das glaube ich, dass du überall die Beste warst. Du bist eben ein außergewöhnlich intelligentes Mädchen. Und jetzt – was machst du jetzt, Anna?" Ich zögerte kurz. Sollte ich ihn einweihen? War er vertrauenswürdig?

„Ich arbeite als … Dienstmädchen auf einem Hof im Schlerngebiet …“, begann ich. „Dienstmädchen? Anna, wach auf! Mach etwas aus dir! Ich bin auch gerne bereit, dir zu helfen!“ – „Nein, ich gehe in keine Schule mehr, nie mehr.“ – „Wenn du schon nicht mehr zur Schule gehst, dann tu etwas für dein Land, werde Deutschlehrerin!“ Da musste ich lachen, unter Tränen. „Herr von Goldegg, das bin ich, ich war nur nicht sicher, ob ich das so sagen darf. Sie verraten mich doch nicht, oder?“ Nun lächelte er auch. „Nein, bestimmt nicht. Gut, Anna. Das ist gut. Unterrichten kannst du ja, das hast du schon bewiesen.“ Er reichte mir die Hand zum Gruße, zum ersten Mal. „Wie geht es Ihrer Frau?“, fragte ich noch, und gleichzeitig kam mir diese Frage ziemlich dumm vor. Doch nun leuchteten seine Augen, und er erwiderte: „Gut, sehr gut sogar. Anfangs, nach Peters Tod, hatte ich Angst, dass ich sie auch noch verlieren würde, so schlecht ging es ihr. Doch dann … stell dir vor, völlig unverhofft wurde sie schwanger, mit über vierzig Jahren.“ Er sah wieder sehr ernst aus und blickte in die Weite. „Wir hoffen, dass alles gut geht. Aber ein Kind kann ein anderes nicht ersetzen, das ist uns schon klar. Peter wird immer in unseren Gedanken sein, für alle Ewigkeit.“ Und damit ging er. Ich war beeindruckt von unserem kurzen Gespräch, und irgendwie fühlte ich mich jetzt wohler. Dass Peter nicht mehr lebte, war schrecklich. Aber es war sehr wichtig für mich, mich von ihm verabschiedet zu haben. Und dass ich ihm doch etwas bedeutet hatte, das tat mir innerlich sehr gut.

Ich spazierte noch eine Weile durch die Innenstadt, dann machte ich mich wieder auf den langen Rückweg nach Hause.

Bevor ich wieder auf den Riederhof ging, besuchte ich meine Familie. Sie waren etwas überrascht, mich zu sehen. „Ist etwas passiert?", fragte Rosa erschrocken. Ich sah wohl sehr traurig aus. „Nein", antwortete ich müde, „aber ich musste Erledigungen machen in Bozen und wollte ein, zwei Tage bei euch bleiben." Sie freuten sich über mein Kommen und wie immer fragten sie nicht viel. Aber abends, kurz nachdem ich eingeschlafen war, weckte mich meine Schwester, die im Bett neben mir lag. „Nannele! Was ist los?" Ganz verschlafen blickte ich umher, ich musste erst rekonstruieren, wo ich war. Rosa hatte eine Kerze angezündet. „Du hast aufgeschrieen und geweint, was ist denn mit dir?" Ich spürte meine nassen Wangen, und da weinte ich und weinte und erzählte meiner Schwester die ganze Wahrheit über Peter und mich.

Sie hörte von Anfang bis Ende zu, ohne mich zu unterbrechen. Als ich fertig war, machte ich eine längere Pause. Rosa sagte immer noch nichts. Da unterbrach ich die Stille. „Denkst du jetzt schlecht von mir, Rosa?" – „Nein", antwortete sie langsam, „das nicht. Es tut mir unendlich leid für dich, dass alles so gekommen ist. Was suchst du dir auch einen reichen und schönen Mann aus? Du warst immer schon anders!" – „Ich bin nicht anders", warf ich da ein, „nur weil ich schnell im Denken bin! Aber in der Liebe, Rosa, glaube mir, da nützt kein Verstand. Ich hoffe, dass ich darüber hinwegkomme. Ich hatte ihn schon fast vergessen und jetzt … ich bin so traurig, Rosa." Und ich begann wieder zu weinen. Nun sagte Rosa gar nichts mehr. Aber sie blieb bei mir und hielt meine Hand. So schlief ich ein. Am nächsten Tag sprachen wir nicht mehr darüber, nie mehr. Ich half meiner Schwester im Haus und am frühen Nachmittag entschied ich, doch gleich wieder an meine Arbeitsstelle zurückzukehren. Die vielen lebhaften Kinder würden mir sicher dabei helfen, meinen Schmerz zu vergessen.

So ging ich am frühen Abend los, nachdem ich mich von meinem Vater und Rosa verabschiedet hatte. Der weite Weg machte mir nichts aus, im Gegenteil. Gepäck hatte ich fast keines, und so konnte ich mit mir und meinen Gedanken alleine sein. Irgendwann, es begann schon dunkel zu werden, hörte ich doch noch einen Wagen hinter mir. Ich blieb stehen und sah Franz auf mich zukommen. „Anna!“, rief er. „Kommst du zu uns? Wo warst du denn?“ Er hielt an und lud mich ein, aufzusteigen. Das tat ich dann auch, seine Fragen aber beantwortete ich nicht, ich nickte nur höflich und saß schweigsam neben ihm. Ich war noch nicht so weit, so viele Gedanken schossen durch meinen Kopf. Als wir beim Haus ankamen, wollte ich absteigen, doch er hielt mich zurück. „Anna, ist es wegen diesem reichen Städter?“ Ich sah an ihm vorbei, und da er offenbar auf eine Antwort wartete, nickte ich. Dann lief ich ins Haus. Kurz vor der Haustüre drehte ich mich nochmals um, und da stand er immer noch und schaute mir nach. Hastig trat ich ein.

*

Anna hat eine Pause eingelegt. „Bist du müde, Oma?“, fragt Martina. Fürsorglich holt sie eine Decke und legt sie ihrer Großmutter über den Schoß. „Ja, Martina, das bin ich. Wie ich dir schon gesagt habe, es ist so lange her, siebzig Jahre, aber trotzdem, diese Zeiten sind unvergesslich für mich." – „Vielleicht sollten wir jetzt schlafen gehen, Oma", schlägt Martina vor. „Morgen ist mein letzter Tag hier bei dir, dann erzählst du mir alles zu Ende, einverstanden?" – „Nein, meine Liebe, morgen fährst du und ich sehe dich so lange nicht mehr, erzähle mir noch ein bisschen etwas aus DEINEM Leben. Wie waren eigentlich deine ersten Zeiten an der Uni, davon hast du noch nie berichtet. Du warst immer viel zu beschäftigt in jenen Monaten." Martina schüttelt energisch den Kopf und lacht. „Nein, Oma, DU warst beschäftigt! Du hast ja noch mehrmals die Woche auf meine kleinen Cousinen geschaut und warst nebenbei im Seniorenclub und beim Frauenverband Schriftführerin. Also, wenn, dann warst du zu beschäftigt!

Aber wenn es dich wirklich interessiert: Ich habe mich von Anfang an wohl gefühlt an der Uni, ich hatte eine tolle WG mit drei Studenten, alle aus Südtirol. Wir haben viel Zeit miteinander verbracht. Wir waren wie eine Familie, man fühlte sich wie daheim. Wir haben oft gewattet, unser Lieblingskartenspiel, und gefeiert, aber auch sehr viel gelernt. Und an der Uni, das ist eben etwas Besonderes. Man teilt sich die Prüfungen selber ein, man lernt viel selbstständiger als in der Schule. Vorlesungen, Proseminare, Seminare – es ist sehr spannend und abwechslungsreich. Aber nicht so spannend wie dein Leben, Oma!"

„Das hätte mir auch gefallen." Mit einem müden Lächeln erhebt sich Anna, gibt Martina einen Gute-Nacht-Kuss und geht zu Bett.

Am nächsten Morgen schlafen beide länger als sonst. Erst gegen halb neun frühstücken sie, und nach dem gemeinsamen Abwasch machen sie einen Herbstspaziergang. Anna hängt sich bei ihrer Enkelin ein, die fast einen Kopf größer ist als sie. Der Himmel ist wieder einmal leuchtendblau, so wie er nur hier ist, denkt Anna und schaut in die Ferne. Martina reißt sie jäh aus ihren Gedanken. „Oma, erzähl mir weiter aus deinem Leben!"

Anna berichtet nun von ihren weiteren Jahren als Katakombenlehrerin: „So einfach wie in den Anfängen sollte meine berufliche Untergrundkarriere wohl nicht mehr laufen", beginnt sie.

*

Mein Leben nahm wieder seinen gewohnten Lauf. Ich bemühte mich, die Vergangenheit zu vergessen und mich nur auf das Hier und Jetzt zu konzentrieren. Das fiel mir auch gar nicht so schwer, denn die Kinder forderten mich intensiv. Ihre Leistungen waren immer besser geworden, so machte auch die Arbeit des Unterrichtens immer mehr Spaß. Die Kinder waren fast immer motiviert, so war es eine wahre Freude, ihnen etwas beizubringen. Einige waren sehr begabt, andere weniger, aber ich fand Gefallen daran, jedes Kind bis an die Grenzen seiner Leistungsfähigkeit zu führen.

Es war kurz vor Weihnachten und Franz war mitten in seinen Hochzeitsvorbereitungen. Er sollte mit Thresl in das neue Haus einziehen. Es gab dort auch einige Zimmer für die Kinder, die sie hoffentlich bekommen sollten. Die ersten Tage nach meiner Fahrt nach Bozen hatte Franz mich nicht mehr gehänselt, zu tief war auf meinem Gesicht meine große Trauer zu lesen. Doch bald war er wieder ganz der Alte mit mir, was mir auch gut tat. Er lachte und scherzte, und wenn ich mich ärgerte, hatte er sein Ziel erreicht. Oft kam er zu uns in den Unterricht und half den Kindern. Oder wir saßen nach der Arbeit zusammen und sprachen über ein Buch. Er war sehr nett mit mir.

Ich versuchte mich gegen dieses Gefühl zu wehren, aber ich begann, mich täglich mehr auf die Momente mit Franz zu freuen. Ich suchte nach tausend Ausflüchten vor mir selber, aber eines stand fest: Die gemeinsamen Stunden genoss ich ebenso wie er. Aber da war die Thresl, die freundliche Thresl, die mir immer wieder gestand, wie sehr sie sich doch auf die Hochzeit freute, auf das gemeinsame Leben mit Franz. Ich hatte nicht das Recht, mich einzumischen. Davon war ich felsenfest überzeugt. Franz sah ich mit ganz anderen Augen an, als ich früher Peter gesehen hatte. Peter war jung und ungestüm, dunkelhaarig, schön und unberechenbar. Franz war reifer, sehr vernünftig, sehr intelligent, blond, direkter und männlicher. Immer öfter ertappte ich mich dabei, dass ich die beiden miteinander verglich. Franz war verlobt, Schluss, Punkt, aus. So verliefen meine Selbstgespräche und endeten immer mit der Einsicht, dass ich diese Gedanken überhaupt nicht denken durfte.

Für Weihnachten hatte ich ein Hirtenspiel mit den Kindern eingeübt, das wir am Stephanstag aufführten. Jedes Kind durfte dabei lesen, sprechen oder singen und es wurde ein voller Erfolg. Die Kinder strahlten und ich strahlte mit. Die

Nachbarsbauern überhäuften mich mit kleinen Geschenken wie einem Stück Speck oder frischen Eiern, da sie nicht immer das Geld hatten, mich zu bezahlen. Doch ich wurde von den Eltern von Franz schon ausreichend bezahlt und etwas bekam ich von der geheimen Organisation, und da ich für das Essen und Wohnen nichts zahlen musste und eigentlich nur sehr wenig für mich brauchte, konnte ich mich finanziell gut über Wasser halten.

Nach dem Hirtenspiel, als die Kinder schon schlafen gegangen waren, räumte ich in der Stube auf. Da lag noch der Bart eines Hirten, dort ein Weihnachtsstern. Ich bemerkte nicht sofort, dass Franz hereingekommen war und mich beobachtete. Als ich dann feststellte, dass ich nicht allein war, erschrak ich zuerst. Aber Franz lächelte mich an. „Das hast du gut gemacht, Anna, sehr gut! So eine wie du würde mir schon gefallen!“ Ich antwortete schnippisch: „Herr Bräutigam, das bringt sicher kein Glück, wenn man so kurz vor der Hochzeit mit einer anderen so daherredet!“ Er hielt erst einmal inne, daran hatte er wohl nicht gedacht. „Anna, sag das bitte nicht noch einmal!“, sagte er dann ernst, fast ein wenig böse. „Gut“, antwortete ich überzeugt, „aber du darfst auch nicht solche Sachen zu mir sagen, auch nicht im Spaß. Wenn die Thresl das hört, hat sie sicher keine Freude. So kurz vor der Hochzeit!“ Ich wollte ihn ansehen, doch er hatte den Raum schon verlassen. Ich blieb alleine zurück.

Ich kannte mich nicht aus mit ihm, dem Franz. Ich wurde einfach nicht schlau aus ihm. Ich ordnete die letzten Sachen und wollte schlafen gehen. Da kam er wieder zur Türe herein. Er sah müde aus, gleichzeitig aber entschlossen. „Anna“, begann er, „ich möchte noch ein bisschen mit dir reden.“ „Ich will solche Sachen nicht mehr hören!“, sagte ich drohend. Da setzte er sich zu mir und begann, mir aus seinem Leben zu erzählen. Von seiner Kindheit, unbeschwert und schön, von der Jugend hier auf dem Hof und schließlich von der Militärzeit, von der er immer gerne schwärmend berichtete. Dann kam er auf seine Bücher zu sprechen und so hatten wir Themen genug. Wir redeten und redeten und es war sehr angenehm mit ihm. Erst nach Mitternacht gingen wir schlafen. Wir wünschten uns höflich gute Nacht, dann eilte ich schon in mein Zimmer und machte die Tür hinter mir zu.

Am nächsten Tag schlief er noch, als ich aufstand. Ich half den kleineren Kindern, sich anzuziehen, und dann arbeitete ich in der Küche mit. Plötzlich war er dann da. Ich merkte, dass ich mich über seine Anwesenheit freute, aber das zeigte ich ihm nicht. Als ich später ins Freie ging, um Holz zu holen, folgte er mir. Er half mir und sagte dabei nichts. Erst als ich wieder ins Haus zurückgehen wollte, lächelte er mich an. Er hielt mir die Tür auf und trat hinter mir ein. Nachdem er das Holz beim Ofen abgestellt hatte, fragte er, ob ich abends Lust hätte, mich wieder mit ihm zu unterhalten.

Und so ging es von nun an fast jeden Abend. Wir sprachen über Bücher, Bücher und wieder Bücher und über das traurige Schicksal unseres Landes. Ich fühlte mich von Tag zu Tag mehr von ihm angezogen und ihm ging es gewiss genauso.

Eine Woche später rief er mich nach dem Frühstück zu sich in die Stube. „Anna! Ich muss mit dir reden." Jetzt, mitten am Vormittag? Ich setzte mich ihm gegenüber. Er sah nun ziemlich mutlos aus. „Anna … ich … Anna, seit du da bist, ist Thresl für mich … sie ist …" Er unterbrach sich, suchte nach den richtigen Worten. „Anna, ich habe dich sehr, sehr gern. Ich habe noch nie ein Mädchen wie dich gekannt. Mit dir kann ich über alles reden, du bist ganz anders als Thresl. Und – ich weiß selbst nicht, was mit mir los ist. Ich will dich, Anna, nur dich." Darauf war ich nicht gefasst gewesen. Was sollte ich darauf nun sagen? „Anna, wie ist es mit dir, du magst mich doch auch, oder?" – „Ich finde dich nett, Franz, aber du bist verlobt, und die Thresl, der würde doch das Herz brechen. Man kann sein Glück nicht auf dem Elend anderer aufbauen." – „Ist es wegen einem anderen?", fragte er mich nun und sah mich dabei eindringlich an. Ich wich seinem Blick aus.

War es das? Nein, aber für mich war Franz mit Thresl verbunden und ich wollte ihrem Glück nicht im Wege stehen. Wir kannten uns ja kaum, während die beiden schon seit Jahren miteinander verbunden waren. Und Thresl wohnte auf dem Nachbarhof, das konnte ja nicht gut gehen. Und ich? Mochte ich Franz? Ja, ich hatte schon öfters über ihn nachgedacht. Mit ihm konnte ich lachen und reden und er zog mich unbeschreiblich an. Aber deswegen ein Glück zerstören? „Ja", antwortete ich deshalb schnell und völlig unüberlegt. „Wie bitte?" Franz wollte mir nicht glauben. „Ich habe einen Freund", log ich, „einen neuen Freund. Aber sag es bitte niemandem." Da fiel er nun wirklich aus allen Wolken. „Einen

Freund? Wen denn?" Mir fiel nichts Besseres ein, deshalb erfand ich einen gewissen Stephan aus Bozen. Ich verließ das Zimmer und war überzeugt davon, dass Franz jetzt eine Ruhe geben und sich wieder ganz seiner Thresl widmen würde. Und ich – diese Gefühle hatten zu verschwinden, das musste doch klappen!

Ich hatte allerdings nicht ahnen können, dass ausgerechnet der erfundene Stephan Franz so eifersüchtig machte, dass er nun ständig hinter mir herspionierte. Als ich einige Tage später am Waldrand einige Schritte machte, fühlte ich mich irgendwie beobachtet. Da plötzlich stand Franz vor mir. Er sah mich an, sah nach links und nach rechts. „Was suchst du denn?", fragte ich. Ich wusste es wirklich nicht, hatte nicht die geringste Ahnung. „Wo ist er?", fragte Franz. „Ich will ihn sehen, deinen Schatz!" Da erst wusste ich, was er meinte. Er kam mir ganz nahe. „Anna, bitte triff dich nicht mehr mit ihm", bat er mich inständig, „ich ertrage es nicht, dass du einen anderen hast. Ich werde auch nichts mehr sagen und dich in Ruhe lassen, aber lass diesen Mann, er ist nichts für dich." Da musste ich laut auflachen. „Woher willst du das wissen?", fragte ich ihn. „Du kennst ihn ja gar nicht!" – „Anna, er trifft sich mit dir nur im Geheimen, es ist sicher wieder so ein feiner Herr, der dich niemals heiraten wird. Lass dich nicht ausnutzen, bitte. Dafür bist du zu schade." Er nahm mich bei der Hand und führte mich mit sich fort. Diesmal gab ich nach. Es war schon rührend, wie er sich Gedanken um mich machte. Aber Thresl … mein schlechtes Gewissen ließ mir keine Ruhe. Wir gingen so Hand in Hand den Waldweg entlang, ich fühlte mich sehr wohl mit ihm. Dann kamen wir zu einer Bank, und wir setzten uns und sagten gar nichts. Da begann er plötzlich, mich zu küssen, sehr sanft, und obwohl ich das nicht geplant hatte, wehrte ich mich nicht. Sein Geruch, seine Haare, seine ehrlichen Augen, ich konnte einfach nicht widerstehen, Gewissen hin oder her. Aber als er dann begann, an meinen Dirndlknöpfen herumzunesteln, stand ich jäh auf. „Nein, Franz, nein!“, rief ich und ging. Ich drehte mich nicht mehr um, ich hatte eine Riesenwut auf ihn. Die eine heiraten und mit der anderen üben, was glaubte er überhaupt!

Die nächsten Tage schaffte ich es immer wieder, ihm aus dem Wege zu gehen. Und als ich gar nicht mehr weiterwusste, griff ich zu einer besonderen Waffe: Ich bat seine Mutter um Hilfe. Ich erzählte ihr von seinen Annäherungen und dass ich ein anständiges Mädchen sei und er auf seine Thresl warten sollte. Seine Mutter schaute mich schockiert an, doch das Gespräch blieb nicht ohne Wirkung. Schon am nächsten Tag wurde Franz von seinem Vater für mehrere Wochen in den Vinschgau geschickt. Dort besaß die Familie noch einen zweiten Hof und Franz sollte nach dem Rechten sehen, ob der Pächter auch alles in Ordnung halte. Er ging nur sehr widerwillig, aber er gehorchte. Er wusste nicht, dass ich dahintersteckte, aber ich war mir sicher, dass das das einzig Richtige war. Ich war mit meinen Gefühlen zu ihm nämlich auch hin und her gerissen.

In dieser Zeit spürte ich plötzlich, wie wichtig er mir war. Er fehlte mir so sehr, wie ich ihm fehlte! Schon nach zwei Tagen bereute ich es, dass ich ihn fortgeschickt hatte. Ich versuchte, mich durch die Lektüre seiner Bücher abzulenken, aber irgendwie landete ich immer wieder bei Liebesromanen und Liebesszenen. Das mit Thresl fand ich schon sehr schlimm, aber er war fast anderthalb Jahre fort gewesen, konnte man da seine Gefühle nicht ändern? Gleichzeitig fragte ich mich, ob er mich vielleicht doch nur für schöne Schäferstündchen wollte, und das beleidigte mich wiederum. Ich dachte viel über uns beide nach und kam zu keinem Entschluss.

Ich sollte aber bald auf andere Gedanken kommen. Eine Woche nach der Abreise von Franz klopfte plötzlich jemand energisch an die Stubentür. In der letzten Zeit waren wir nie wieder von jemandem während des Unterrichts gestört worden, und es passierte, was so oft geschieht, wenn etwas zu lange gut geht: Wir wurden unvorsichtig. Wir stellten keine Wachen mehr auf und führten den Unterricht durch, ohne Sicherheitsvorkehrungen zu treffen. Wir waren überzeugt davon, dass niemand mehr kommen würde. Franz hatte uns öfters gewarnt, aber eigentlich auch nichts unternommen. Fehler passieren selten am Anfang, sondern meistens erst in der Routine.

So kam, was kommen musste: Bevor wir noch irgendwie reagieren konnten, standen plötzlich zwei Carabinieri mitten in unserer Stube. Wer uns verraten hatte, weiß ich bis heute nicht. Tatsache ist, dass zehn Kinder bei mir waren, zehn Kinder mit zehn Schiefertafeln, drei deutschen Fibeln und einer Menge Kreiden. Die Kinder schrieen und auch ich wurde wohl leichenblass. Leider waren es dieses Mal keine netten jungen Carabinieri wie beim letzten Mal, sondern ältere mit bösen Gesichtern. Ohne ein Wort packte mich einer am Handgelenk und zog mich mit sich fort. Der andere packte alle Schulutensilien in eine große Tasche ein und folgte uns. Die Kinder weinten, aber niemand achtete auf sie. „Es wird alles gut, Kinder, alles wird gut!", rief ich ihnen noch nach, ich glaubte aber keine Sekunde daran.

Fast im Laufschritt erreichten wir die Carabinieri-Kaserne. Zum Glück war ich gut bei Fuß, sonst wäre ich den beiden nicht nachgekommen. Sie schleppten mich ins Innere und ließen mich auf einem Stuhl niedersitzen. Ich musste sicher eine gute Stunde warten, erst dann begann das Verhör. Frag mich nicht, welche Gedanken mir in dieser Stunde gekommen sind, man hatte oft schreckliche Schauergeschichten darüber gehört, was in diesen Carabinierikasernen alles geschehen konnte. Als sie dann kamen, war ich schon etwas zermürbt. Einer stand an der Tür, als befürchtete man, dass ich weglaufen würde, und der andere stellte sich frontal vor meinen Stuhl.

„Fräulein Pircher", sagte er mit drohender leiser Stimme, „wir haben Sie heute auf frischer Tat ertappt. Sie haben zehn italienischen Kindern Deutschunterricht erteilt. Was sagen Sie dazu?" Ich versuchte, ruhig zu wirken und mir meine Nervosität nicht anmerken zu lassen. Ich spielte das dumme blonde Mädchen. „Herr Carabiniere, fünf der Kinder gehören zur Bauernfamilie und die anderen sind dazugekommen. Das war kein Unterricht. Ich bin das Dienstmädchen der Familie, da haben wir Schule gespielt. Ist das verboten?“ – „Was?“ Er schrie mich an, dann näherte sich sein Gesicht dem meinen. „Liebes Mädchen, glaubst du, dass wir vollkommen verblödet sind? Schule spielen? Weißt du eigentlich, dass das verboten ist, was ihr da gemacht habt?“ Nun begann ich zu weinen. „Entschuldigen Sie, warum denn verboten, wir haben wirklich nur gespielt. Ich mache mit den Kindern auch immer ihre italienischen Hausaufgaben, da wollten sie einmal ein deutsches Wort lesen. Das konnten sie natürlich nicht, aber wir haben es probiert.“ Da begann er laut zu lachen. Es klang sehr böse. „Fräulein Pircher, ich habe dich heute das erste Mal erwischt, und ich will hoffen, dass es das letzte Mal ist. Hier, unterschreibe das Protokoll. Und gib niemals mehr italienischen Kindern Deutschunterricht! Wenn ich dich noch einmal erwische, kannst du ins Gefängnis kommen, weißt du das überhaupt?“ Ich unterschrieb, hätte alles unterschrieben, wenn ich dafür nur gehen durfte.

Etwas hatte ich aus dieser Episode gelernt: Wir mussten wieder vorsichtiger sein.

*

In der nächsten Woche kontrollierten sie uns dreimal. Beim ersten Mal gelang es uns, eine gemeinsame Malstunde vorzutäuschen. Die Ordnungshüter waren sehr skeptisch, doch da der Knecht Joggl rechtzeitig alle Unterrichtsmaterialien durch die Hintertüre im Laufschritt in den Wald gebracht hatte, konnten sie uns nichts vorwerfen. Beim zweiten Mal stand der zweitälteste Sohn Wache. Als er die Carabinieri von Weitem sah, rannte er schnell in die Stube und wieder gelang es dem jungen Knecht, alles schnell zu entfernen. „Malt ihr wieder gemeinsam?“, fragte der größere Carabiniere spöttisch. „Ja“, antwortete ich höflich, „das tun wir.“ Ohne ein Wort des Grußes eilten sie nach einer kurzen Hausdurchsuchung davon. „Das nächste Mal schnappen wir dich!“, drohten sie noch.

Womit sie leider Recht behalten sollten.

Beim dritten Mal sollte wiederum Luis, der zweite Sohn, Wache stehen. Es war kalt draußen, und schon finster. Luis war müde und hungrig. Da entschloss er sich, schnell in die Küche zu laufen, um sich ein Wurstbrot zu holen. Dort wurden aber gerade Krapfen gebacken, seine Lieblingsspeise. Die Mutter, die nicht wusste, dass er gerade als Wache eingesetzt war, bot ihrem durchgefrorenen Sohn einen Stuhl an und gab ihm frische Krapfen und heiße Milch dazu. Luis freute sich und über diesen Köstlichkeiten vergaß er seine Aufgabe.

Inzwischen waren die Carabinieri schon bei unserem Haus angekommen. Es war zu spät. Sie stürzten in die Stube und trafen uns wieder in flagranti an. Ohne ein Wort packten sie mich und brachten mich wieder in die Carabinierikaserne. Ich war zutiefst erschrocken, denn ich befürchtete, dass ich diesmal nicht so glimpflich davonkommen würde wie beim ersten Mal.

In der Kaserne angelangt, schrien mich die beiden an, bedrohten mich und nannten mich eine Kriminelle. „Weißt du überhaupt, dass das, was du da tust, strafbar ist? Du hast unterschrieben, dass du nie mehr unterrichtest!", schrie mich der eine an. „Wir können dich verbannen lassen, auf eine Insel im Süden zu den politischen Häftlingen, willst du das?", der andere. Ich versuchte, mir meine Angst nicht anmerken zu lassen. Es war einfach dumm gelaufen. Ich hoffte, durch eine Unterschrift auch diesmal wieder gehen zu können, zweifelte aber insgeheim daran. Sie brüllten noch eine Weile, hießen mich alles Mögliche, dann musste ich in der Tat wieder ein Protokoll mit dem Inhalt unterschreiben, dass ich keinen Deutschunterricht mehr erteilen würde, und konnte nach Hause gehen. Bevor ich den Raum verließ, hielt mich der Ältere, Gröbere der beiden nochmals auf.

„Das nächste Mal lassen wir dich nicht mehr laufen", drohte er leise und kam mir ganz nahe. Ich riss mich los und rannte schnell hinaus, ins Freie. Dort holte ich erst einmal tief Luft. Dann weinte ich, verzweifelt und mutlos. Warum musste das so sein? Warum konnten wir nicht normal leben? Warum mussten wir uns verstecken, wenn wir unseren Kindern ihre Muttersprache beibrachten? Als einige Teile Italiens noch zu Österreich gehört hatten, hatte es für die Italiener immer ganz selbstverständlich auch italienische Schulen aller Stufen gegeben. Warum ausgerechnet wir? So viele Analphabeten, Leute, die weder die eine noch die andere Sprache richtig in Wort und Schrift beherrschten. Ich fühlte mich so hilflos!

Ich wollte nur noch schlafen, es war schon sehr spät. Am Hof angekommen, erwarteten mich die Bauersleute. „Vielleicht sollten wir es beenden, Anna. Wir wollen nicht, dass du so große Schwierigkeiten bekommst", sagten sie. Doch ich war da anderer Meinung.

Meine Devise war: Jetzt erst recht!

*

Anna hat die Hände zu Fäusten geballt, so sehr steigert sie sich in ihre Erinnerungen hinein. Da legt Martina ihr sanft den Arm um die Schulter. „Oma, es ist vorbei. Nun geht es uns gut. Wir haben die deutsche Schule, deutsche Lehrer, deutsche Beamte und unsere Autonomie. Es ist alles in Ordnung! Reg dich nicht auf, Oma." Anna sieht ihre Enkelin an, dann lächelt sie. „Ach, Martina, es war eben eine schlimme Zeit damals. Ich war neunzehn Jahre jung und ungebunden, aber weißt du, wie viele Familienväter es gab, Väter von sieben oder acht Kindern – ehemalige Lehrer, die plötzlich kein Einkommen mehr hatten? Es war eine menschliche Tragödie, das Ausmaß kann man sich heute gar nicht mehr vorstellen. Ein Volk, das seiner Sprache und seiner Traditionen beraubt wird, schrecklich. Die Lehrer hatten zwar die theoretische Möglichkeit, umzulernen und sich als Italienischlehrer umschulen zu lassen. Aber das haben nur die wenigsten geschafft. So schnell lernt man keine Sprache, schon gar nicht, wenn man sie dann unterrichten soll. Und dann – allmählich haben sie alle verbliebenen deutschen Lehrer in andere Provinzen Italiens versetzt. Von den so genannten neuen Provinzen in die alten – die meisten sind verständlicherweise gar nicht erst fortgegangen und mussten so ihren Beruf aufgeben." – „Du hast wohl eine ziemliche Wut auf die Italiener, Oma?" – „Wie bitte? Martina, ich muss schon sagen, dass du so etwas denkst, kränkt mich. Ich halte nichts von Vorurteilen! Ich weiß, dass viele Menschen zu solchen Verallgemeinerungen tendieren, aber ich sicherlich nicht. Das ist doch eines der wichtigsten Merkmale von Intelligenz: dass man selber denken kann, sich selbst ein Urteil bildet, sich nicht von den Massen beeinflussen lässt und nicht von einem Einzelnen auf die Allgemeinheit schließt. Ich hatte und habe viele italienische Freunde, immer schon, und in Francesca habe ich eine Freundin fürs Leben gefunden. Vor zwei Jahren, als sie starb, bin ich hinuntergefahren in die Toskana. Ich war tieftraurig, sie war ein wichtiger Mensch für mich. Und als deine Tante Maria den Giorgio geheiratet hat, da war sogar dein sonst so offener Großvater anfangs dagegen. Ich aber habe gesagt, so engstirnig sind wir nicht, die Liebe wird siegen, hab Vertrauen. Er hat es dann eingesehen, und er ist mit Giorgio bis zu seinem Tod gut ausgekommen. Was konnte auch schon der Einzelne dafür, dass es diesen schrecklichen Faschismus gab?"

„Heute sind unsere Rechte zum Glück festgeschrieben. Und wir sind in der glücklichen Lage, zwei Sprachen zu beherrschen. Bei meinen bisherigen Studienaufenthalten im Ausland waren die anderen Studenten immer fasziniert davon, dass wir Deutsch und Italienisch sprechen. Manchmal ist es aber auch komisch, Südtirolerin zu sein. Für viele österreichische Studenten sind wir Italiener, und für viele Italiener sind wir eben Deutsche. Unsere Identität, das ist ein Kapitel für sich. Aber lassen wir das! Erzähl doch weiter!" Anna räuspert sich und setzt sich wieder hin.

*

Ich hatte nicht eine einzige Sekunde lang den Wunsch, mit dem Unterrichten aufzuhören. Im Gegenteil, ich wollte mich auf keinen Fall unterkriegen lassen. Es waren nun weniger Kinder bei mir, da eine der Nachbarsfamilien, die auch schon von den Carabinieri befragt worden war, nicht mehr den Mut hatte, ihre Kinder weiter zu mir zu schicken. So waren nun meistens noch sieben Kinder da und so konnte ich noch intensiver auf jedes einzelne Kind eingehen. Joggl, der Knecht, wurde nun regelmäßig dafür eingesetzt, Wache zu halten. Er stand draußen und starrte ins Dunkle.

Schon nach fünf Tagen kam die erste Kontrolle. Wir fertigten die uns nun schon bekannten Männer auf unsere übliche Weise ab. Diesmal machten wir zur Tarnung die italienischen Hausaufgaben zusammen. Das wollten uns die Carabinieri aber nicht abkaufen. Doch als sie sahen, dass alle Aufgaben korrekt gelöst waren, schauten sie mich grimmig an. „Du spielst mit dem Feuer, Anna Pircher", drohten sie wieder einmal. Ich schaute sie unschuldig an, doch mir war nicht ganz wohl dabei. Als ich an diesem Abend nach dem Rosenkranz, als die Kinder schon im Bett waren, mit den Bauern zusammensaß, sprachen wir darüber. „Anna, hör auf, die Kinder können jetzt schon so viel, machen wir erst einmal eine Pause von ein paar Monaten, dann können wir vielleicht wieder weitermachen", schlug die Bäuerin vor. „Nein. Die Kinder kennen sich dann ja nicht mehr aus, einmal so, einmal so. Das ist alles so ungerecht. Solange Joggl Wache steht, kann nichts passieren!" Die Bauersleute stimmten zu, auf Joggl war wirklich Verlass. Doch trotzdem wollten sie nicht mehr zu viel riskieren.

Nach drei Tagen war es dann so weit. Wir sangen zuerst ein deutsches Lied, dann begannen die Kinder auf ihre Tafeln zu schreiben. Ich hatte irgendwie ein komisches Gefühl, aber ich schrieb es nur den schlechten Erfahrungen der letzten Zeit zu. Doch leider täuschte ich mich nicht.

Zu viert kamen sie, wie aus einem Hinterhalt. Zwei von vorne und zwei von hinten. Plötzlich standen sie wieder in der Stube, Joggl hörte ich draußen schreien, aber zu spät. Sie hatten uns überlistet. „Nun ist es vorbei, Fräulein Pircher!", schrie der Carabinieri-Hauptmann und nahm mich mit. Sie müssen sich wohl sehr wichtig vorgekommen sein, die vier Männer, als sie mit mir zu viert den Hang hinunterliefen, mit einer politischen Verbrecherin. Diesmal redeten sie erst gar nicht mit mir, sondern sperrten mich sofort in einen Raum der Kaserne. Dort musste ich bis frühmorgens warten, ohne Essen und ohne die Möglichkeit, eine Toilette aufzusuchen. Gegen sechs Uhr kam dann einer und brachte mir ein Stück Brot und Wasser und einen Eimer. Es war sehr, sehr unangenehm für mich.

Bald danach wurde ich verhört, von allen vieren. Sie nannten mich eine Kriminelle und politische Verbrecherin, und ab und zu wurde ich auch als dumme Gans betitelt, der sie schon so viel hatten durchgehen lassen. Ich war müde, fertig, und hungrig. Das kleine Stück Brot hatte nicht viel genützt.

Schließlich verlangten sie, ich sollte nur gestehen, sie hätten ja alles gesehen, sie müssten mich diesmal wohl nach Bozen schicken, dann würde man ja sehen, wie es weiterginge mit mir.

In der engen Zelle in der Kaserne war es feucht und kalt gewesen, ich hatte nur eine dünne Decke bekommen, um mich zuzudecken. Ich fühlte mich schrecklich elend. Ich hätte nun alles zugegeben, so mutlos war ich. Weinen wollte ich nicht vor ihnen, diese Genugtuung wollte ich ihnen nicht lassen. Ich fand sie so lächerlich, wie sie da zu viert vor mir herumtanzten, und gleichzeitig fürchtete ich mich. Während sie mich also wieder im Chor anschrieen, wurde plötzlich die Tür geöffnet. Der Carabiniere, der vor der Tür Wache gestanden hatte, sagte etwas zum Hauptmann. Der schüttelte zuerst den Kopf, doch dann nickte er und machte ihm ein Zeichen. Daraufhin stürmte plötzlich Franz in das Zimmer. Bevor ich überhaupt wusste, wie mir geschah, kam er auf mich zu, packte mich und schüttelte mich.

Er schrie mich an, auf Italienisch: „Mädchen, was machst du für Sachen! Ich habe dir schon so oft gesagt, lass das sein, ich will das nicht in meinem Haus! Meine Eltern sind alt und begriffsstutzig, aber ich bin jetzt der Herr im Hause und ich dulde nicht, dass du noch einmal so etwas Kriminelles bei uns veranstaltest!" Darauf wandte er sich den Carabinieri zu und schüttelte den Kopf. „Ich habe den Militärdienst in den Abruzzen abgeleistet und so viele Freunde dort gefunden. Sie aber will einfach nicht begreifen, dass ich es nicht mag, wenn sie sich gegen den italienischen Staat stellt!" Der Hauptmann nickte ihm wohlwollend zu. „Ist das Ihre Braut?", fragte der Carabiniere. Und bevor ich noch etwas sagen konnte, antwortete Franz: „Ja, wir heiraten bald. Ich verspreche Ihnen, dann hört das auf, das kann ich Ihnen sagen, dann wird sie schon sehen, wer das Sagen hat!" Ich schaute verblüfft von einem zum anderen. Was ging hier vor? „Sie wissen aber, dass wir Ihre Freundin ins Gefängnis bringen können? Sie hat wiederholt gegen die italienischen Gesetze verstoßen!" Da schaute Franz ihn flehend an: „Bitte nicht, sie ist gerade erst neunzehn, minderjährig, ein halbes Kind noch! Sie ist Halbwaise und braucht eine starke Hand. Vertrauen Sie mir, es wird nie mehr geschehen!" Mit seinem guten Italienisch schien Franz den Carabinieri zu beeindrucken, denn nach kurzer Unterredung sagte der Hauptmann: „Gut, ich überlasse sie Ihnen. Aber wenn noch einmal etwas passiert, dann kennen wir keine Gnade mehr." Franz schaute dem Hauptmann ins Gesicht, reichte ihm die Hand und bedankte sich. Dann zog er mich hoch, riss mich mit sich hinaus und schrie nun auf Deutsch auf mich ein, ich solle mich ja nie mehr so benehmen. Die Männer grinsten.

Doch sobald wir außer Hörweite waren, blieb Franz stehen. „Entschuldige, Anna, doch es ging nicht anders, du bist viel zu hübsch fürs Gefängnis!" – Ich funkelte ihn böse an, meine ganzen Ängste und Gefühle ließ ich nun an ihm aus und ich schlug auf ihn ein wie verrückt und rief: „Tu das nie mehr, tu das nie mehr mit mir, ich bin keine Puppe, die man so hin und her schiebt, ich kann für mich selber reden!" Da küsste er mich mitten auf den Mund und lachte. Dann antwortete er etwas ernster: „Anna, ich hatte keine andere Chance. Die wollten dich diesmal wirklich drankriegen, glaube mir. Sie können dich nicht ewig laufen lassen, auch wenn sie es wollten. Nur so konnte ich dich herausholen. Tja, und jetzt …" Er grinste und schaute mich an. „Was, jetzt?", fragte ich. „Jetzt musst du mich heiraten, Anna, so wie wir es drinnen ausgemacht haben, die Carabinieri und ich." – „Wie bitte?" Ich glaubte, meinen Ohren nicht trauen zu können. „Aber, Franz, du kannst doch nicht einfach … und Thresl …" – „Thresl?" Franz schwieg kurz, dann schaute er mir fest in die Augen. „Mit der Thresl habe ich heute bei ihr daheim ein längeres Gespräch geführt. Sie ist schon ein bisschen traurig, aber es nützt nichts. Ich will ihr wirklich nicht wehtun, aber ich kann sie nicht heiraten, wenn ich dich liebe. Sie ist noch jung und wird einen anderen finden. Ich habe dich gern, das hat sie schon verstanden. Ich heirate nur dich, Anna!"

Damit wollte er mich wieder küssen, aber das ging mir nun doch alles ein bisschen zu schnell. „Wieso glaubst du überhaupt, dass ich dich will?", fragte ich und sah ihn herausfordernd an. Da sah er mich sehr zärtlich an, strich über mein Haar und antwortete leise: „Weil ich dich einfach gern mag, Anna, richtig gern, und überzeugt davon bin, dass du mich auch magst!" So entschlossen sagte er das, und er hatte ja Recht, ich war über beide Ohren in ihn verliebt. Trotzdem sah ich ihn nun sehr ernst an. „Franz, da ist noch etwas … ich muss dir etwas sagen …" Er schaute mich fragend an. „Was denn, Anna?" – „Ich will, dass du es weißt. Du bist nicht mein erster Mann, ich will ehrlich sein, es gab schon einen vor dir." Zu jener Zeit war das sehr wichtig und ich wollte unsere Beziehung nicht auf einer Lüge aufbauen. Zuerst sah er mich etwas komisch an, das hatte er wohl nicht geglaubt. Doch dann lachte er und sagte: „Gut, auch ich muss dir etwas beichten, auch du bist nicht meine erste." Und dann lagen wir uns wieder in den Armen.

Unsere Verlobungszeit war nur sehr kurz, und wir nutzten sie für die Hochzeitsvorbereitungen. Viel gab es nicht zu tun, es war ja schon fast alles vorbereitet worden. Und auch das Haus war schon fertig für das junge Ehepaar, auch wenn nun mit anderer Besetzung.

Mit Thresl führte ich ein langes Gespräch. Ich erklärte ihr, dass ich niemals vorgehabt hatte, ihr den Bräutigam auszuspannen. Sie war sehr freundlich und sagte, dass sie ihn eigentlich gar nicht mehr so gern hatte wie früher und wünschte mir alles Gute. Doch ich sah ihr an, dass sie trotzdem sehr traurig war und fühlte mich sehr schlecht. Aber so ist es mit der Liebe, man kann sie nicht steuern, und Thresl war unser unschuldiges Opfer.

Und so geschah es, dass wir beide zwei Wochen darauf, am Hochzeitstermin, der eigentlich Thresl gegolten hätte, also noch im Februar 1931, heirateten. Ich war so glücklich, unendlich glücklich, und auch mein Vater und die Eltern von Franz schauten wohlwollend auf uns. Wir speisten vorzüglich, Beuschl, Kalbskopf, Wienerschnitzel, Knödel bis hin zum

Schweinernen mit Kraut und natürlich Krapfen. Ich strahlte übers ganze Gesicht.

Und am nächsten Tag fuhren wir dann los. Es war damals eigentlich nicht allgemein üblich, eine Hochzeitsreise zu machen. Die meisten machten höchstens eine Wallfahrt, viele Brautpaare gingen schon am Nachmittag des Hochzeitstages wieder ihrer gewohnten Arbeit auf dem Feld nach. Franz aber wollte mit mir eine Hochzeitsreise machen, so wie wir es aus vielen Romanen kannten. Wir fuhren in die Toskana, so konnten wir gleichzeitig meine Freundin Francesca besuchen. Es war einfach herrlich! Die Sonne, der Vorfrühling in der Toskana, der gute Wein, es war alles wie im Bilderbuch. Wir waren glücklich und so verliebt. Franz war unglaublich zärtlich und aufmerksam, wir lachten zusammen und neckten uns, und dann nahm er mich wieder plötzlich in den Arm und flüsterte mir etwas ins Ohr. Alle Sorgen schienen vergessen, so gut ging es uns beiden. Ich weiß es noch, als wäre es erst gestern gewesen, wie wir zusammen in der Sonne saßen und ich in die warme Sonne schaute, und Franz spielte mit einer meiner Haarsträhnen, und ich spürte den Wind und sagte: „Franz, das kann nur ein Traum sein! Alles ist so schön, plötzlich so schön! Bitte, mach, dass ich nie davon aufwache!“ Und da schaute er mich an, unendlich liebevoll, und legte mir den Arm um die Schulter und sagte: „Anna, ich liebe dich und werde dich immer gern haben. Das ist kein Traum, glaube mir!“ Und er sollte Recht behalten – tatsächlich. Wir führten über fünfzig Jahre lang eine wunderschöne Ehe.

Als wir nach über einer Woche wieder zurückkamen, ging es ebenso verliebt weiter. Ich war sehr jung und wollte am liebsten die ganze Welt umarmen. Nicht einmal die Carabinieri, die ich manchmal im Dorf beim Einkaufen traf, konnten meine Laune verderben. Ich war frisch verheiratet und genoss meinen neuen Zivilstand in vollen Zügen. Nie hätte ich geglaubt, dass ich einmal so großes Glück in der Liebe finden würde! Wir sprachen viel miteinander, gingen am Abend spazieren und lasen uns gegenseitig aus Büchern vor. Es tat gut, mit jemandem zusammen zu sein, der so ähnliche Interessen hatte. „Anna, wir müssen aufpassen, dass unsere Kinder nicht zu schlau werden!“, neckte er mich einmal. „Ich war immer und überall der Schlauste, und auch du bist nicht dumm.“ Und dann nahm er mich wieder in die Arme.

Ja, und das mit den Kindern, das ging dann recht schnell. Sieben an der Zahl haben wir bekommen, beim ersten war ich zwanzig und beim jüngsten sechsunddreißig. Das mit den Kindern, das war etwas Unglaubliches für mich. Ich hätte nie geglaubt, dass es möglich wäre, so viel Liebe zu empfinden für diese kleinen Geschöpfe. Du wirst es selbst erfahren, wenn du einmal Mutter bist, Martina, es ist wunderschön. Mit meinen sieben Sprösslingen hatte ich immer alle Hände voll zu tun, das waren die Jahre meines Lebens, in denen ich am wenigsten gelesen habe. Doch sie wurden ja größer und so hatte ich wieder mehr Zeit für mich und meine Lektüre.

Als Katakombenlehrerin gearbeitet habe ich übrigens nie mehr, Franz wollte das nicht und ich hätte neben meinen

Kindern auch nicht mehr die Zeit dafür gefunden. Aber meine eigenen Kinder habe ich selbst unterrichtet, das konnte mir keiner nehmen.

Als der Krieg dann vorbei war, wurde die Schule in Südtirol vollkommen neu aufgebaut. Es wurden dringend deutsche Lehrer gebraucht und auch ich wurde als ehemalige Geheimlehrerin angeschrieben. Ich war mittlerweile dreiunddreißig Jahre alt, mit sechs Kindern zwischen drei und dreizehn, und so habe ich dankend abgelehnt. Ganz aufgehört zu unterrichten habe ich aber nie, ich habe immer mit meinen Kindern geübt und gar manche ihrer Lehrer hatten mit mir zu kämpfen, da ich mich mehr als damals üblich ins Schulgeschehen einmischte. Und als dann mein ältester Sohn, dein Vater, 1951 für die Matura lernte und ich ihn oft prüfte, dachte ich: Das kann ich auch! So habe ich zusammen mit meiner Tochter Franziska – Patenkind meiner langjährigen Freundin Francesca – als Privatistin 1952 die Matura an der Lehrerbildungsanstalt in Meran gemacht.

Das erzähle ich dir noch, denn auch das habe ich nie vergessen, dann wird es Zeit für dich, liebe Martina.

Ich weiß noch, wie ich dort vor der Prüfungskommission stand, mit meiner Tracht und meiner Gretlfrisur, und die Prüfer haben mich wohl gar nicht ernst genommen, die Mutter vom Lande mit ihren vierzig Jahren. Doch als sie mich dann prüften und feststellen mussten, dass ich fast alles wusste, da sagte ein älterer Professor zu mir: „Frau Rieder, ich habe Sie vollkommen unterschätzt, Sie sind ein richtig kluges Köpfchen!"

Da reichte es mir, wie oft hatte ich das wohl schon gehört in meinem Leben, dieses verniedlichende Kompliment, das ein Mann wohl nie zu hören bekommt. „Nein", antwortete ich bestimmt, „das bin ich nicht. Ich bin eine intelligente Frau!" Da sah er mich anerkennend an und entschuldigte sich für seine unbedachte Äußerung. Ich bekam die Höchstnote für meine Prüfung, gleich wie Franziska, und dann feierten wir alle neun gemeinsam im Raffl am Meraner Pfarrplatz, ganz vornehm.

Obwohl ich nun das Lehrerdiplom endlich offiziell in der Tasche hatte, habe ich nie mehr unterrichtet. Als die Kinder so weit waren, dass ich zeitlich dazu in der Lage gewesen wäre, erkrankte meine unverheiratete Schwester Rosa schwer. Ich habe mich bis zu ihrem Tod um sie gekümmert. Kaum war sie gestorben, wurde bei Franz ein Tumor entdeckt. Es waren schlimme Zeiten, aber wir haben sie gemeinsam überstanden. Und dann – dann war ich plötzlich schon über fünfzig und hatte einfach keine Lust mehr. Die Kinder waren entweder schon im Berufsleben oder in Innsbruck oder Padua beim Studium. Das ist eben der Nachteil bei gescheiten Kindern, überall in der Weltgeschichte gondeln sie herum und die Eltern bleiben zurück. Dafür konnte ich endlich die Zeit mit Franz, meinem geliebten Mann, genießen. Wir verreisten gerne und nach wie vor lasen wir Unmengen von Büchern.

Ja, und so verstrich die Zeit, bald kamen die ersten Enkel, die ich mitbetreuen half, und jetzt – jetzt bin ich achtundachtzig

Jahre alt. Achtundachtzig, Martina! Franz ist ja schon seit über zehn Jahren nicht mehr unter uns, und bei mir wird es wohl auch nicht mehr ewig dauern.

*

„So ein Blödsinn!", ruft Martina entrüstet. „Du wirst hundert Jahre alt, das weiß ich genau!" Sie mag ihre Oma, die so viel Lebenserfahrung hat und so lebenslustig ist.

Da klingelt es an der Tür. Lukas steht draußen. „Hallo, Lukas", begrüßt ihn Martina mit einem Kuss, dann kommt er zu Anna und schüttelt ihr freundlich die Hand.

Als sich Großmutter und Enkelin dann verabschieden, gibt es auf beiden Seiten Tränen. „Wir mailen uns, Oma, ja?" – „Ich bete für dich, mein Kind! Pass gut auf dich auf!" Anna sieht noch, wie Martina in Lukas' Arm zu seinem Fiat Punto geht und dann wegfährt, für so lange Zeit …

Eigentlich vergeht die Zeit doch wie im Flug, überlegt Anna. Sie denkt an ihr Leben, das so reich war an Erfahrungen und Erlebnissen. Sicher vergeht auch dieses Jahr schnell und Martina ist bald wieder zurück!

Anna geht ans Fenster und blickt lange hinauf zum Schlern, dem Wahrzeichen Südtirols, ihrer Heimat. Dann setzt sie sich auf die Eckbank in der Stube, nimmt Maráis „Glut" zur Hand und liest weiter.